KB038047

졸린데
　　자긴
　　싫고

졸린데
자긴
싫고

초판 1쇄 인쇄 2017년 8월 28일
초판 1쇄 발행 2017년 9월 4일

지은이 장혜현
책임편집 강희진
디자인 그별
펴낸이 남기성

펴낸곳 도서출판 쿵(프로젝트A)
인쇄,제작 데이타링크
출판사등록 신고번호 제 2016—000310호
주소 서울 특별시 마포구 월드컵북로 400 2층 20호 P—2
대표전화 (070) 7555—9653
이메일 sung0278@naver.com

ISBN 979-11-88345-18-2 03810

이 도서의 국립중앙도서관 출판예정도서목록(CIP)은 서지정보유통지원시스템 홈페이지(http://seoji.nl.go.kr)와 국가자료공동목록시스템(http://www.nl.go.kr/kolisnet)에서 이용하실 수 있습니다.(CIP제어번호: CIP2017021761)

장혜현
지 음

졸린데
자긴
싫고

자화
상

차
례

1 기분이 아주 습해요

2 토닥토닥이 필요합니다

3 우연히 그리워질 모든 것

4 그래도 사랑이
마음의 맨 앞자리에 앉아 있길

5 졸린데 자긴 싫고

1

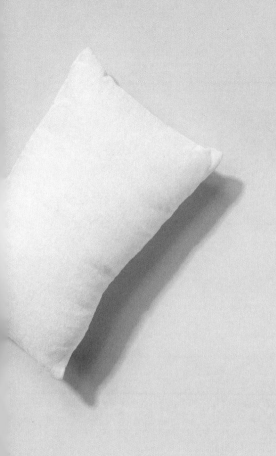

기분이

아주
습해요

이제부터

좀 울어볼까
합니다

이제는 사랑은커녕 애정도 증오도 나에 대한 마음도
너에 대한 질투도 서로의 관심도 반응도 좋음도 싫음도
화냄도 달래줌도 우리 사이의 계획도 미래도 다정함도
따뜻함도 아무것도 느껴지지 않아서 못하겠어.

언제까지 변명만 언제까지 핑계만
언제까지 괜찮다고 숨길 수만은 없잖아.
무조건 헤어지는 것만 무서웠는데 아니더라.

너한테서 아무것도 느껴지지 않는 내가
나한테서 아무것도 느끼지 못하는 네가

그런 우리가 더 무섭더라.

기분이 아주 습해요

슬픔을

내려놓고
오다

있잖아, 이곳은 너무 좋아.
너도 만약 이곳을 본다면, 그렇게밖에 말할 수 없을 거야.

내 옆에는 귀여운 그림이 그려진 의자가 있는데,
한 아이가 그걸 보며 '까르르' 웃고 있어.

저기 벤치에선 할머니가 손녀에게 아이스크림을 먹여줘.
할아버지는 그런 손녀가 넘어지지 않게 손을 꼭
잡아주고 계셔.

야외 테라스에 앉아 있는 저기 저 남자는 앞에 노트북이
놓여 있는데,
자기 일이 지루한지 연신 이 광경을 나와 같은 눈으로
보고 있어.

기분이 아주 습해요

사실 이 공원에 들어오게 된 건,
사랑하는 사이가 분명해 보이는 저기 두 남자 때문이야.
잔디에 누워 서로의 발을 비비며 귓속말을 나누는데,
그 모습이 너무 행복해 보였어.

'어이쿠' 방금 내 옆에 아이가 넘어졌어.
도와주려고 보니, 곧 울 것 같던 표정이다가
어느새 앞을 보고 씩— 웃으며 일어나.
시선을 따라가보니 아이의 엄마가
두 손을 벌리고 웃으며 기다리고 있어.

그리고 여기 모든 이의 눈길을 받는 한 학생이 있는데,
홀로 이어폰을 끼고, 자신의 춤 실력을 자랑하듯
무반주 댄스가 한창이야.
꽤 잘 춰서 나도 한참을 쳐다봤어.

한껏 외로웠던 나는 이곳의 모든 사람이
마치 내가 아는 사람인 듯
그들의 행복함에 나까지 행복해졌어.

서늘하게 바람이 불어.
이젠, 돌아가도 될 것 같아.
원래 내가 있던 자리로.
내 자리에서도 이제 행복해질 수 있을 것 같아.

행복한 여기 이곳에 너를 두고 갈게.
너도 이젠, 행복했으면 해.
이건 계속 '괜찮아'라고 거짓말을 하고 있었던 나의 진심이야.

기분이 아주 습해요

그날과

같은
햇빛인가요?

이곳은 그와 함께 걷던 길이었다.
여자의 기억에 그는 이 길 위에서 웃고 있었던 것 같다.
한쪽엔 무거운 걸 잔뜩 몰아 들고는 다른 한 손은 나를 위해
내어주던 그였다.

같은 길 위에 나 혼자 있어도 이랬던 그가 없어질 리 있겠는가.

망각이란 좋은 것이다.
나빴던 기억을 금방 회복시켜준다.

분명 우리는 나빴던 기억들 때문에 헤어진 것인데
이 길 위에선 왜 좋았던 것만 생각나는 것일까?

사무치게 그립다.

'사무치게'라니,
순간 여자는 자신과는 너무도 어울리지 않는 단어 같아
그의 생각을 다시 집어넣는다.

혹시 당신이 걷고 있을 무수히 많은 길 위에도
가끔 내가 있을까요?

슬픈 건

꿈이길

"그만 자자, 불 꺼."

여자는 남자의 침대 위에 올라와 이불을 얼굴까지 덮으며
말했습니다.
남자는 분명 전화할 때는 무섭게 화가 나 있었는데,
저러는 게 더 무서워 불도 끄지 못한 채 조심스럽게 묻습니다.

"할 말 있다며, 아무 말도 안 하고 그냥 잔다고?"
"…너한테 감정 소모 중이잖아."
"무슨 말이야?"
"남은 감정을 다 소비해야 미련 없이 떠나지…"

이불 속에서 여자는 울먹이며 말을 이어갑니다.

기분이 아주 습해요

"매달릴 만큼 매달린 거 아는데, 최선이 이게 아니라는 것도 아는데, 그런데도 자꾸 너한테 오게 돼. 싸우고 싶지 않은데… 싸워서라도 네가 보고 싶은 걸 어떻게 해."

남자는 작은 숨을 토해냅니다.
이불을 들썩이며 우는 여자를 이불째 안아 토닥여줍니다.

우리가 과연 헤어질 수 있을까요?
이렇게 아프게 우리가 헤어져야 하는 걸까요?

남자도 이제 모르겠습니다.

동경

맑음

저는 도쿄라는 말보다 동경이라는 단어의 어감이 좋습니다.
동경은 맑음입니다.

언제부터인가 혼자 여행하는 게 습관이 되어버렸어요.
여러 가지 이유로 많은 곳을 혼자 다녔지만,
저는 그중에서도 유독 도쿄가 좋습니다.

지금 이 순간 혼자여도 전혀 어색할 게 없는,
혼자인 걸 배려해주는 도쿄를 좋아합니다.

도쿄는 스무 번쯤 방문한 것 같아요. 짧게는 이박 삼일, 휴
가가 넉넉할 때는 일주일, 오래 도망치고 싶을 땐 한 달 정
도 머물렀던 적도 있고요. 그러다 이왕이면 도쿄에서 살아
보고 싶어 본격적으로 알아봤던 적도 있어요.

기분이 아주 슴해요

그렇게 자주 방문하다 보니 아무래도 갈 때마다 새로운 곳을 찾아 헤매죠. 마치 하이에나처럼요. 이번 여행은 시원한 바람 덕분에, 날씨에도 참 고마웠던 여행이었어요. 여행의 반은 '바람'이 차지한다고 생각합니다.

_에노시마와 가마쿠라.

고레에다 히로카즈 감독 영화 〈바닷마을 다이어리〉의 배경지이자 내가 가장 좋아하는 만화인 〈슬램덩크〉의 배경지인 에노시마 역에 내리면 모두 강백호를 따라하며 여러 각도에서 연신 사진을 찍는 사람들로 재미있는 풍경이 펼쳐져요. 여러 번 일본에 왔어도 바다는 처음 보았어요. 이렇게 떠나온 곳을 또 떠나와 새로운 것을 마주하니 왠지 조금 더 어른이 된 것 같은 기분.

에노시마는 바닷가 마을이라서 그런지 여름에는 서핑하는 사람들로 붐벼요. 물을 무서워하는 저는 서핑하는 그들의 모습이 무척이나 자유로워 '멋있다' 생각해요. 바다 뒤에는 서퍼들을 위한 숍과 쉬어가는 사람들을 위한 하와이풍 밥집 그리고 그 옆에서 조용히 그 바다를 다 담아두고 있는 예쁜 찻집. 이 모든 것들이 참 조화롭게 어울렸던 마을.

눈앞엔 바다, 내 뒤엔 나무.
혹시 어딘가 도망갈 곳이 필요하다면…
혹시 어디로 도망가고 싶은 마음이 든다면…
이곳으로 오랫동안 도망 와도 좋을 것 같은 그런 곳.

여행하다 보면 나도 모르게 카메라를 꺼내 드는
순간이 있어요.
저의 급한 성격은 사진에서도 여지없이 드러나지요.
돌아와서 보면 전부 흔들린 사진들,
예전엔 이러지 않았어요.
좋은 카메라를 챙겨 들고는 더 열심히 사진을 찍었죠.

멋진 사진을 찍어야 할 것 같아.
그리고 거기에 더 멋진 말을 붙여야 할 것 같아.

진부하고 상투적이고 치기 어린 마음.
저의 어린 날의 마음들은 이렇게 안 좋은 것의
범벅이었던 것 같아요.

여행의 횟수가 늘어나고, 365일의 경험치로 나이를 한 개씩
먹다 보니 그런 마음들도 자연스레 사라졌어요. 멋진 사진
들은 이미 수없이 많으니 나는 그저 이 풍경을 저 물건을 그
사람을 정직하고 진실되게 바라보자고.

기분이 아주 습해요

카메라가 이렇듯 최선을 다하고 찻집에서 사망했어요.
왜 제 손에 오면 다 일회용이 되는 걸까요?

_다행이다.

그런 생각이 들어요.
덕분에 이번에도 악착같이 사진 찍으려 노력하지 않아도
되니까.

사진에 다 담기지 않는 풍경과 마음인데 어째서 기계로
눈을 돌렸는지.

이렇게 떠나오니, 한 발짝 한 발짝 어른이 되어가고 있어요.

나의 배려와 오지랖에 상대방뿐 아니라 나까지 피곤해지는
건 아닐까? 이기적인 마음으로 혼자 떠난 것인데 역시 혼자
보다는 둘이 나은 게 여행이고 인생인가 봐요.

누군가와의 대화가 굉장히 그리워지는 도쿄의
첫날이었습니다.

느렸던

대화

남자의 표정은 조금 지쳐 보였습니다.
여자의 표정은 많이 불안해 보였습니다.

지친 남자는 불안한 여자의 표정을 못 본 척
마지막 말들을 느리게 꺼냈습니다.

"네가 날 어떻게 생각하는지 생각해봤어. 나는 네가 될 수
있는데, 너는 과연 그럴까? 나는 네가 이러지도 저러지도
못하는 아이 같아. 갖고 놀던 장난감을 혹여 누구에게 빼앗
길까 안절부절못하고 있는 그런 아이."
"그럼 그건 사랑하는 게 아니야…?"
"어렸을 적에 그런 장난감 있었지? 어떻게 되었어?"
"지금은 없어졌지…"
"우리도 결국엔 그렇게 될 거야…"

기분이 아주 습해요

'그럼 너한테 나는 뭐야? 너는 몰라, 내가 뭐가 이렇게 무서운지… 너는 몰라.'

여자는 마음속에 있던 많은 말들을 더는 늘어놓지 못했습니다. 손안에 꼭 쥐고 있던 사탕들이 떨어져 굴러가버렸습니다.

남자는 지금 이 시간이 빠르게 지나가길 바랐습니다.
이젠 사랑했던 여자가 되어버린 사람이지만,
아프게 하긴 싫었습니다.
둘은 지쳤고 그렇게 헤어졌습니다.

그 이후로 여자는 어른이 되길 원했어요.
그 사람의 키만큼 자라고 싶었어요.
나이 차가 우리가 헤어진 이유라고 생각했거든요.

그런데 시간이 지나니 여자는 알 수 있었습니다.
자신이 사랑하는 방법을 몰랐다는 것을요.

마치 사탕을 달라고 떼쓰는 아이처럼,
사랑을 조르던 자신이 조르던 사탕을 받으면,
그거면 행복할 줄 알았던 자신이 부끄러웠습니다.

너를

왜
좋아하는가

도대체 나는 너를 왜 좋아하는가?
정리해보기로 한다.
우선, 너의 잘생긴 얼굴이 좋다.

이건 지극히 개인적인 견해지만
다부진 얼굴에 적당히 까무잡잡한 피부,
적절한 곳에 있는 너의 눈썹과
만질 때 기분 좋은 까슬까슬한 수염
그리고 크고 못생긴 코까지,
그래 이건 분명 콩깍지다!
인정.

두 번째는 너의 담배 냄새가 좋다.

기분이 아주 습해요

길에서 나는 담배 냄새도 싫어 멀리 돌아가는 나인데
너에게 깊숙이 배어 있는 쌉싸름한 담배 냄새가
너의 쓸쓸함과 너무도 잘 어울리는 것 같아
널 만나고 오면, 나에게 가득 묻어 있는 담배 냄새가
애틋하고 슬퍼진다.

세 번째까지 쓰고 있다니,
사실 나는 그냥 네가 좋다.
이유를 만들자면 수십 개도 넘겠지만

_네가 그냥 좋다.

이유가 있었다면 널 잊기 조금 쉬웠을까?

널 잊을 수 있는 이유가 없어서
널 생각하지 않을 마음의 공간이 없어서
널 만날 핑계가 없어서 속상하다.

고슴도치

같은
하루

인생이 내 뜻과는 다르게 흘러가 유난히 하루가
고달팠던 적이 있다.
오늘이 그랬다.

이럴 땐 혼자가 아니란 걸 확인하듯
가깝지도 않은 사람에게 시시콜콜 이야기해야 하는지
아니면 혼자라는 걸 인정하며 체념하듯 울어야 하는지

도통 감이 잡히지 않는다.

좋은 건,

제 마음에
담았어요

혼자 오니 혼잣말만 늘어나고 있는 여행의 셋째 날,
오늘도 동경은 맑음입니다.

엄마가 들으면 엉덩이 맞을 소리겠지만, 나이 들면서 혼잣
말이 늘어났어요. 오지랖은 원 플러스 원으로 딸려오고요.
어렸을 땐 엄마가 모르는 사람들 일에 왜 자꾸 참견하는지
그럴 때마다 창피했었는데, 오늘 제가 딱 그랬어요.

혼자 초밥을 먹고 있는데, 들어올 때부터 행복해 보여 눈이
부시던 가족이 제 옆자리에 앉았어요. 그리고 그들은 초밥
을 주문하고는, 종업원에게 겨자를 달라고 했지요.

"여기요."

나도 모르던 반사 신경이 내 앞에 있던 겨자를 그들에게 건
넸어요. 웃는 얼굴도 빼놓지 않았죠. 살면서 그렇게 빨랐던
적이 있었나? 생각해요.

어제는 자주 가던 서점에서 이런 일도 있었어요. '이 나라는
유독 잘생긴 사람이 많네'라고 생각은 했지만 자주 가던 서
점 안에 있는 커피숍 직원분이 엄청 잘생긴 거예요. 괜히 넣
지도 않는 시럽을 넣어달라는 둥, 차가운 음료에 굳이 받침
을 끼워달라는 둥, 이럴 땐 매번 허둥대던 영어도 절대 더듬
지 않아요.

이상하죠? 저는 정말이지 원해서 혼자 간 것인데, 배려하다
내 여행이 망쳐버리는 건 아닐까, 이기적인 마음으로 혼자 온
것인데 왜 순간순간 누군가와의 대화와 배려가 그리운 건지.

혼자 처음 여행을 가게 된 계기는 헤어짐 때문이었어요.
처음으로 깊이 사랑했다 말할 수 있는 사람
그 사람과 헤어져 허둥거리고 있을 때
'내 상태가 무서워.'
이것보다 더 무서운 일이라도 만들어야 할 것 같아서.

그렇게 혼자 배낭을 메고, 비행기에 올라 도착한 곳이
오사카, 교토였어요.

왜 그곳이었냐 하면,
우습지만 그와 처음 함께 갔던 곳이기 때문에.
어렸을 적부터 저는 이렇게 사랑에 목숨을 걸었나 봐요.

이유가 어찌 되었건, 그 계기로 그때부터 저는
혼자 여행을 즐깁니다.

혼자 여행은 도전 정신을 높이는 계기가 되어줘요.
겁이 유달리 많은 나인데,
왜 여행에서는 다 할 수 있을 것만 같은지,
퇴폐미 가득한 꽃집도 들어가보고,
밤늦게 혼자 선술집도 가보고 그렇게 혼자 술도 마셔보고.

엄마가 밤늦게 나가지 말라고 했는데
역시 말을 안 들어야 인생이 흥미로워지는 것 같네요.

변화를 두려워하는 저는 아마 이번에도 또
똑같은 곳에 가고 똑같은 것을 먹으며,
또 똑같은 것들에 관심을 기울일 거예요.

그렇다면 이번에는
한 번 더 들여다보고, 한 번 더 마음을 쏟으며,
한 번 더 그들에게 따뜻하게 말 건넬 수 있기를.

기분이 아주 습해요

그리고 이번에도 나의 방황을 이해해준 엄마

_고마워요.

늘 여러분의 여행을 응원합니다.
늘 여러분의 외로움도 응원합니다.

그 외로움을 한 개쯤 꺼내놓을 수 있는 그런 사랑이
옆에 있길 기도하겠습니다.

이러는 건,

그때 내가
행복했기 때문이다

여자는 이틀째 이상한 꿈을 꾸고 있었다.

여기서 이상한 꿈이란 그 사람이 출연하고, 장르가 멜로에서 격정 그리고 스릴러로 변하게 되는 꿈을 말했다. 그런 이상한 꿈에서라도 더 보고 싶은지 여자는 꿈속을 좇는다.

창문을 때리는 거센 빗줄기가 다행히도 여자를 현실로 돌려놓았다. 꿈을 깨니, 허무함이 여자를 몰아친다.

비참하다는 건 이런 기분일까? 기억상실증에 걸릴 수 있는 약이라도 있다면 한 통 다 털어 넣고 '잠자는 숲 속의 공주' 코스프레라도 할 텐데. 기억상실증에 걸릴 수만 있다면 농구 골대 밑에서 떨어지는 농구공을 맞겠다며 미친 여자 코스프레라도 할 텐데.

　　　　　　　　　　　　　기분이 아주 습해요

_이미 미쳐버린 건가?

'우두두두둑'
바람과 비가 창문을 번갈아 괴롭히며 여름의 장마를 알린다.
세상이 잠시 비로 어두워 여자는 다행이라 생각한다.

내가 우울한 건 비를 탓해도 될 테니까.
잠시 다 젖어버리는 건 '우산이 없었다.'
핑계 댈 수 있으니까.

그렇게 비로 얼룩진 어두운 하늘을 바라보곤, 다시 여자는
이불 속으로 들어갔다. 두꺼운 이불을 얼굴 끝까지 끌어올
리며, 주문을 걸듯 중얼거렸다.

"추억을 쓰다듬으며 잠들지 말자. 추억을 더는 틀어주지 말자."

추억이란 거창한 이름을 붙여,
그를 내 옆에 두지 않기를.
다시 깨어났을 땐,
더는 그와 함께할 추억 따윈 없다는 걸
조금은 인정하기를.

애정의

부재

늘 내 옆엔 당신이 있었고
늘 당신 옆에는 내가 있었고
그런데 우린 왜 쓸쓸했을까?
내가 그에게 채워주지 못했던 사랑은
애정의 형태 중 몇 번째였을까?
그가 나에게 채워주지 못했던 사랑은
태생적 결핍과 순간의 외로움과 정체 모를 그리움 중
어떤 것이 가장 큰 원인이었을까?
서로의 옆에 있던 시간에도
서로의 옆에 있어주지 못했던 시간에도
분명 우린 함께했는데,
우린 왜 서로의 쓸쓸함을 봐주지 못했을까?
다시 돌아간다면, 너는 나의 눈물을 닦아줄 수 있을까?
다시 돌아온다면, 나는 너의 아픔을 닫아줄 수 있을까?

기분이 아주 습해요

기분이

아주
습해요

"응 나야, 일어났어?"
여자는 익숙한 목소리에 옆을 보았다.
역시나 아는 얼굴이었다.
아는 남자는 행복한 듯 웃으며 전화 통화를 하고 있었다.
"점심 뭐 먹고 싶어? 자기 먹고 싶은 거 먹자."

5년 전
오락실

여자는 비행기 게임도 총 쏘는 게임도, 모든 게임을 1분도
채 못 넘기며 게임 오버시키는 신기술을 보여주고 있었다.
딱히 남자가 못한다고 구박한 것도 아니었는데, 풀이 죽은
여자는 괜히 애꿎은 기계만 발로 찼다.

남자는 그런 여자의 얼굴을 보고는, 벌떡 일어나 성큼성큼 카운터 앞으로 걸어갔다. 잠시 뒤 남자는 교복 양쪽 주머니에서 동전을 꺼내, 기계 위로 수북이 올려놓고는 씩— 웃으며 말했다.

'2탄 갈 수 있을 때까지 해보자!'

5년도 더 된 일인데도 마치 어제 일인 듯 여자는 기억들이 선명하게 떠올랐다. 열차가 도착하고, 아는 남자는 지금 오는 열차를 타야 하는지 빠르게 일어났다. 그는 아직 통화 중이었다. 여자는 한 발짝 뒤로 물러났고, 사람들이 탈 수 있게 비켜주었다.

그때는 말하지 못했다.

'비행기 게임도 총 쏘는 게임도 1분 이상 넘기지 못하는 나 때문에 주머니에 동전을 잔뜩 넣어 다니는 네가 너무 사랑스러울 때가 있었는데, 몇 년이 지나고, 몇 개의 기억들이 차곡히 올라가 그렇게 너의 기억 위로 다른 기억들이 쌓여 잊고 있었는데, 네가 다정한 아이였던 건 생각이 나.'

열차의 문이 닫혔다. 여자는 아는 남자가 앉아 있던 의자에 앉아 오래 걸릴 다음 열차를 기다렸다.

어른이 된다는 건,

울음을 컨트롤할 수
있다는 것이다

울고 났더니, 한결 수월해졌다.
참을 수 있다. 인간답게.

기분이 아주 습해요

Where are you

here?

외로움은 지나갔고, 혼자인 게 익숙해지는 여행의 일주일.
오늘 동경은 흐림입니다.

늘 계획 없는 여행을 하는 저는 도착하면 항상 닥친 문제들
부터 해결해요. '짐은 어떡할까? 숙소는 어떻게 찾아가지?
자 그럼 이제 뭐 하지? 아, 내일은 뭐 할까?' 이런 무책임한
여행 방식을 꾸준히 고수하는 이유는 단순해요.

귀찮아서.

그런데 이런 귀찮음이 때론 나를 알게 해주더라고요. 말도
안 되지만, 즉흥은 나도 모르는 날 알아가는 '중요한 매뉴
얼'이라고 생각해요.

'아, 이런 일에 나는 남들보다 더 짜증을 내는구나.'
'아, 저런 일에 나는 남보다는 조금 쿨하게 넘어가는구나.'

어쩌면 불편한 점, 하지만 또 어찌 보면 좋은 점이지요. 여행에서 많은 것을 느낄 필요는 없다고 생각해요. 여행에서 알게 된 것은 커다란 것도 아니고, 화려한 것도 아니며 돈과 시간을 쓴 만큼 사실 대단하지도 않아요.

_그냥 나를 기억하고 오는 것.

그럼 그 기억들로 다가올 서른 살을 조금 더 어른답게 꾸며 주는 거예요.

아, 오늘 한국 사람을 만났어요. 셀프 우동가게에서 주뼛주뼛하며 주문하는 법을 몰라 망설이고 있는데 제 뒤로 문이 다시 열리고, 몇몇 사람들이 더 들어왔어요. 초조해져 우선 눈앞의 그릇을 덥석 집어 쟁반 위에 놓으려는데, 언제부터 있었는지 모를 직원이 그릇을 확 뺏고는 말해요.

"Order here please!"

당황한 저는 한껏 작아진 목소리로 차가운 우동을 달라고 대답했죠.

기분이 아주 습해요

"Cold…?"

"차가운 거 드려요?"

"어? 한국말! 한국 사람이세요? 그럼 처음부터 한국말로 해 주시지…"

투정부리듯 말이 빨라졌어요. 그런데 이 사람 내가 한국 사람인지 어떻게 안 걸까요? 이곳에 들어와서 한국말 한 적이 없는데, 저의 Cold 발음이 웃겼던 걸까요?

"일본어를 배우러 온 거라 일부러 한국말 안 쓰려고 노력 중이에요." 생각을 듣기라도 한 듯 그가 대답해요.

갑자기 살짝 미안해졌어요. 그래도 타지에서 한국 사람을 만난 게 무척이나 반가웠어요.

"그럼 이것도 먹고 싶은데 이건 어떻게 주문해야 해요? 여긴 어떤 메뉴가 제일 인기 있어요?"

"기본우동이 제일 잘 나가요."

미안했던 마음을 또다시 잊은 채 한국말로 이것저것 물어보기 시작해요. 덕분에 무사히 주문을 마치고, 우동 한 그릇을 깨끗이 다 비운 뒤 셀프 정리까지 깔끔하게 하고 말해요.

"잘 먹었습니다. 감사합니다."
"감사합니다. 또 오세요."

이제 서로 포기한 듯 우리는 웃으며 한국말로 인사를 나눠요.
그곳을 나와서도 왜 계속 기분이 좋았는지는 모르겠네요.

이렇듯 혼자 있다 보니 고민할 시간이 주어졌어요.
눈앞에 직면한 문제들
나 혼자서 해결해야 하는 문제들
누가 봐도 나에게서 비롯된 문제들.

고민에서 도망쳐오니 또다시 고민을 만나네요. 역시 오늘
할 일을 내일로 미루면 안 된다는 선조들의 말씀은 새겨듣
는 것이 좋겠어요. 그래도 무언가를 고민할 시간이 주어졌
다는 게 싫지만은 않아요.

남들보다 약해 빠졌다는 건, 저는 이제 장점으로 받아들이
기로 했어요. 매일 똑같은 시간에 똑같은 자리에 앉아 같은
일을 반복하는 것, 남들은 다 하는 걸 나는 왜 어렵다 칭얼
거리는 것인지, 다들 꿈을 잃어버린 듯 잊어버린 듯 살고 있
는데 왜 나 혼자 꿈을 이루지 못하면 숨이 막힐 듯 불안해하
는지.

기분이 아주 습해요

내 마음인데도 몰랐었거든요.

남들보다 약해 빠진 마음에 대해 지금부터 고민해보려고요.

혹 정답을 찾게 된다면, 인생이 조금 달라질까요?

헤어진 지 6개월쯤 된 친구가 있는데요, 그 친구에게서 오늘 전화가 왔어요. 그러고는 헤어진 지 6개월 만에 이야기하면서 울었어요. 오랜 시간을 그렇게 울게 두었죠. 이때까지 친구는 분명 웃고 있었는데, 괜찮다 느끼지 못했거든요. 과하게 괜찮은 척하고 있던 그 친구가 위태로워 보였지만, 그렇다고 섣불리 위로해주지도 못했어요.

헤어짐을 이겨내는 데 시간이 약인 건 몇천 년 동안 변하지 않은 불변의 진리라고 생각하지만 약의 효능은 사람마다 다르잖아요.

_울어도 돼요. 후회해도 돼요. 이게 맞아요.

쪽팔리면 좀 어때요. 괜찮다는 거짓부렁으로 청승 떠는 것보단 낫죠. 사랑했으면 해요. 이제 곧, 울고불고 한 건 다 잊어버리고 새로운 사람 곁에서 전 연애의 무용담이라며 아무렇지 않게 이야기할 친구의 모습이 보여요.

사랑했으니 됐어요.

순진한 믿음이

배신의
통통배를 탈 때

여자는 꿈을 향해 미친 듯 달려가던 때가 있었다.
그땐, 살면서 최고로 행복했었다.

그러던 어느 날 한 남자를 만나게 되었고,
매뉴얼대로 그를 사랑하게 되었다.

"사랑해." 그가 말한다.

순간_

여자는 꿈을 이루는 것 이외에도 새로운 종류의 행복이 존재한다는 걸 느꼈다. 그리고 이 행복이 더 오래 자신의 곁에 있어주리라 믿었다.

기분이 아주 습해요

물론 사랑의 행복을 지키기 위해 왜 꿈의 행복을 포기해야
했는지 여자는 그때도 지금도 이유를 알지 못한다. 그렇게
인생 중 최고 행복이라 단언했던 꿈을 포기했다.

사람은 그렇다. 사람이라 그렇다.
포기하고 얻은 것에 더욱 애착이 강해진다.
애착은 점점 자랐고,
잃어버리기 싫은 불안한 마음도 커졌다.
불안한 마음을 눈치챈 듯, 그의 '사랑해.'도 이동을 했다.

"괜찮아." 여자는 받아들였다.
나에겐 다른 행복이 남아 있으니까.

그런데 이상하다. 예전의 행복이 기억이 나질 않는다.

다시 돌아가려는데, 그를 만나기 전,
그때의 나는 어떻게 행복했었는지 전혀 기억나질 않는다.
그렇게 여자는 돌아갈 곳을 잃어버렸다.

그대로 멈춰 까맣게 녹슬어버렸다.

언젠가는

열어지기
마련이다

한 달.

울기에는 좀 애매해서 안 울고 있었다.
여자는 울 이유가 없다고, 우는 것도 아깝다고 생각했다.

"괜찮아…?"
"어우, 괜찮지 그럼. 오히려 헤어져줘서 고마운걸?"

"괜찮지…?"
"그럼. 내가 말을 안 해서 그렇지 우리 처음부터 잘 안 맞았어."

"힘들지…?"
"걱정 마. 멀쩡해. 나 이렇게 괜찮아도 되는 거야? 나 진짜
별로 그 사람 안 좋아했나 봐."

이 정도면 씩씩하게 잘 지내고 있는 거라고,
여자는 걱정해주는 사람들 틈에서 걱정 끼치지 않으려
노력했다.

몇 년의 애정이 이렇게 쉽게 정리될 수 있는 거라면,
수면제 몇 알 더 먹는 것 따윈 아무렇지 않았다.

두 달.

정말 신기하게 어제도 그제도…
이젠 얼마큼을 못 잔 건지 셀 수 없을 밤들이 흘러갔고
오늘 밤에도 역시 잠자긴 틀렸다고 생각할 때쯤,
여자의 핸드폰에서 벨이 울렸다.

알았다.
그에겐 이미 예전과 같은 사랑은 없을 수 있다는 거,
어느덧 애정은 어색함이 되어버렸다는 거.
그 어색함을 애써 감추려 노력하던 무거운 공기에 여자는
'괜찮다' 말하던 마음속 모든 말들이 무너져 내렸다.

좋아했는데, 사랑을 받고 있다고 생각했는데.
다 알았는데, 그의 모든 걸 다 알고 있다고 생각했는데.

정말 다 알았다.

네가 변하고 있던 마음도,

너의 온 눈빛이 나에게 향하지 않게 된 시점도.

그렇더라도 좋아하는 마음이면, 이 마음이면

다 될 줄 알았어.

내 것들을 다 내놓으면, 너로 채워갈 수 있을 것 같았어.

"나 안 괜찮아." 여자는 이제야 울먹이기 시작한다.

이상하게도 그날 이후로 여자는 잠을 잘 수 있었다.

여전히 얕은 잠과, 몽롱한 정신, 울컥 하는 감정과

싸워야 하지만…

이제 여자는 친구들이 아닌, 자신을 위로하기 시작했다.

기분이 아주 습해요

10분

ver.1

보고 싶다는 말을 너무 내뱉고 싶은데,
그러면 나는 울보가 될지도 모른다.

여자는 차라리 지나가는 저 사람에게 다짜고짜 '사귀자'라
고 말하는 것이 또다시 그에게 전화를 걸어보고 싶다고 울
어버리는 것보다 덜 창피하고 덜 한심하지 않을까? 생각하
는 중이었다.

"괜찮아?"
"이 악물고 버티고 있는 중인데…도 안 좋아."

그 마음은 잘 알지만, 말릴 수밖에 없는 친구는 계속해 위로
한다.

"아픈 곳은 피해 가자, 추억은 꺼내 보는 거니까 그건 네 자유니까. 그런데 그 추억에 짓눌려서 힘든 날 있잖아… 그럼 그냥 가만히 꺼내 들여다보는 거야. 현재의 생생한 감정은 아니잖아? 그나마 진지했던 첫 연애가 끝나버린 아쉬움이고, 잘 지키지 못했던 나에 대한 미움이고, 그리고… 그냥 그게 다니까."

친구의 말에 또다시 추억들이 떠오른다. 제멋대로 굴러다니게 둘 때는 몰랐는데, 마음속에 굴러다니고 있던 모든 추억 주워 담으니 여자는 곧 아픔을 주체할 수 없었다.

"보고 싶어."

내뱉으니 알 수 있었다. 평생 울보가 되더라도 보고 싶어.

따귀라도 한 대 때리고 싶다는 친구의 말은 듣지 않은 채, 여자는 빗속으로 뛰어들었다.

10분

ver.2

얼굴이 보고 싶을 뿐이었다.
아무리 떠올려봐도 그의 얼굴이 기억나질 않았다.

모든 추억은 잔인할 만큼 또렷이 기억나는데
그 추억 속에 같이 있던 그 사람의 얼굴만 기억나질 않았다.
생각해내려 하면 할수록 점점 더 희미해져
그것이 여자를 힘들게 한 것뿐이었다.

그날 그와 또 잠자리를 하였다.

만지고 싶어서도 아니었고, 안기고 싶어서도 아니었는데.
그냥… 그 사람의 얼굴을 십 분만 쳐다보고 싶었을
뿐이었는데.
그럼 순식간에 다 괜찮아질 수 있을 것 같았는데.

잠자리가 끝난 순간,
서로가 보고 싶어서 온 것이 아닌 것 같은 기분.

여자는 공허해지려는 마음을 몰아내며 생각했다.
또 한 번 이렇게 가치 없는 순간들이 나를 관통하려 한다면,
아니 빈번히 찾아올지 모를 순간마다 오늘을 생각하자.
아무렇지 않게 물속 깊숙이 넣어버린 오늘을 기억하자.
헤엄쳐 나올 수 없어 숨 막히던 그 침대 위를 기억하자.

그럼 십 분 정도는 참을 수 있잖아.

기분이 아주 습해요

2

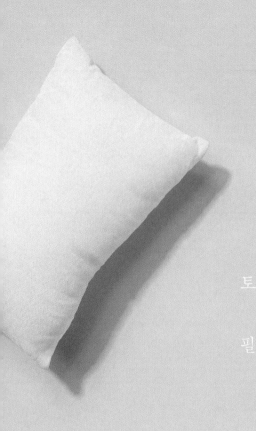

토닥토닥이

필요합니다

밤잠

오늘도 했던 말들을 후회하며 잠이 들겠지요.

시간은 늘 정직하여 지나고 나서야

오늘 했던 말들이 오류투성이였다는 걸 알게 되었답니다.

아주

사적인
취향

익숙한 듯, 제일 가벼운 옷차림을 하고 이젠 어느 쪽으로 가면 역이 더 가까운지 알게 되었고 본연의 것보다는 주변의 것들에 관심이 생겨나는 여행 열흘째.

오늘 동경은 비가 주룩주룩 내립니다.

저는 어렸을 적부터 좋은 건 무조건 빨리했어요. 급식시간에는 꼭 맛있는 것부터 먹었고, 선물을 사두고는 주고 싶은 마음을 어쩌지 못해 그날을 채 기다리지 못하고 줘버리고, 내 마음이 어떤지 내가 알기도 전에 '당신을 좋아해요'라며 고백해버리고.

이렇듯 늘 마음이 다급했기에 어렸을 적부터 자주 넘어지고, 자주 체했어요. 넘어지면 조심하고, 체하면 안 먹기 마

토닥토닥이 필요합니다

런인데 '한 번만, 이번만, 마지막이야.' 미련스럽게 늘 같은 걸 반복했고요.

누군가 그랬는데, 성격은 그 사람의 운명이래요. 고쳐보고도 싶고 고쳐볼까도 했지만 그냥 이게 제 운명인 듯 다급한 마음을 감추지 않고 살아갈까 해요.

제가 가르치는 한 아이가 있어요. 초등학교 2학년, 구태여 구분하자면 아이지만 상당히 해박한 지식을 갖고 있어요. 감히 아홉 살이라고 말할 수 없는 그 아이는, 자주 철학적인 질문을 해요.

"칭찬받으면 도망가고 싶어요. 왜 그런 걸까요?"
"생각해보니까 선생님도 그러네. 부끄러운 걸까?"

한동안 말이 없던 그 아이는 여러 색이 담긴 색연필 통에서 천천히 그리고 고민한 듯한 색 하나를 꺼내며 말을 이어요.

"생각해봤는데요."
"응?"
"칭찬은 가끔 받기 때문에 그런 것 같아요. 자주 받으면 안 그럴 텐데…"

또 어느 날은 이렇게 물어요.

"선생님 친구가 되고 싶을 땐 '안녕'부터 하면 돼요."

또 어느 날은 이런 말도 해줘요.

"선생님이 오늘은 좀 슬퍼."

"슬픈 걸 사라지게 하고 싶을 때는요, 차가운 바닥에 엎드리면 돼요. 그러면 괜찮아져요."

그리고 이런 말도요.

"선생님은 만약에 엄마 음식이 맛이 없으면, 말을 해줄 것 같아요, 안 해줄 것 같아요?"

"음… 선생님은 그냥 아무 말 없이 먹을 것 같은데?"

"맛이 없을 땐 바로 이야기해줘야 해요. 그래야 엄마 음식이 발전해요."

다부진 표정으로 이런 말들을 할 때면, 역시 특별한 아이라고 생각해요.

가끔 아이들을 가르칠 때마다 느껴요.

'내가 너무 정답을 요구하는 것은 아닐까? 정답이 무엇인지도 모르는 채.'

저는 어렸을 적에 책을 아주 싫어했어요. 유치원생 때부터 시대사를 줄줄 외우는 동생과 달리 저는 책을 쥐어주면 은하계 물건이라도 되는 듯 쳐다도 안 봤대요. 내가 기억이 없다 우기니 엄마는 군이 '맹세코'라는 단어까지 쓰며 "책 읽는 모습은 한 번도 본 적이 없다."고 말해요.

그랬던 저도 바뀌었는데, 자주 이사를 했던 우리 집,
이사할 때마다 하는 엄마의 첫 번째 잔소리.
"책 안 읽는 건 좀 버려."
"엄마, 어떻게 책을 버려?"

이렇게 바뀌게 된 계기는 고등학교 3학년 때였어요. 28명이 전부였던 우리 반은 적은 인원 때문인지 다른 반들과 조금 떨어진 도서관 옆, 작은 교실에 배정되었죠.

공부와의 거리도 은하계만큼 멀어, 공부로는 저기 명왕성쯤 가 있을 것 같은 제가 불행인 듯 다행인 듯 전교 1등과 짝이 되었고, 그때부터 저는 야자 시간이 더욱 지루해졌어요.

그렇게 지루한 시간을 보내보려 옆에 있는 도서관에 갔어요.
그때부터였던 것 같아요, 제가 책을 좋아하게 된 순간.

인생에는 특별한 순간이 있어요.

처음에 짜릿함을 알게 된 순간

짜릿함으로 사랑을 시작하게 된 순간

사랑 안에도 무수히 많은 벽이 있다는 걸 깨닫게 되는 순간

그 벽에 부딪혀 결국 헤어지게 된 순간

헤어짐을 이기지 못해 아픔에 갇혀버리는 순간

그리고 이 모든 걸 다 몰랐었던 것처럼,

또다시 시작하게 되는 순간.

특별한 순간은 자기도 모르게 지나가죠.

당시엔 몰랐던 사소하지만, 결정적인 순간들―

그때 우리가 그 순간이란 걸 알았다면,

우린 지금 조금 달라져 있을까요?

"널 너무 사랑해."

그렇게 말하던 그때, 우리는 진짜 행복했을까요?

토닥토닥이 필요합니다

나는

아직…

그때 그 시간, 그때 그곳에
그때 그 느낌, 그때 그 공기가 그리워서
지구를 못 지킬 수도 있겠구나 생각한다.

어떻게 해야 할지를 모르겠다.
갑자기 폭풍처럼 물밀듯 그 기억들이 한 번에 몰려올 때는
다른 어떤 것도 할 수 없어
손을 놓고, 다시 그 기억들이 잠잠해지길 기다린다.

아이러니하게도 기억들이 몰려와
가득 머릿속을 지배할 때보다
기억들이 하나씩 빠져나가 잔잔해질 때
더 슬프고, 더 쓸쓸하며 눈물도 나지 않을 만큼 힘이 빠진다.

토닥토닥이 필요합니다

헤어지고 나서야

그를
이해하다

처음에는 내일이 무서웠다.

_그가 없는 내일.

내가 부서지지는 않을까?

망가지진 않을까?

시도 때도 없이 외로워지면 어쩌지?

그러다 사는 게 지루해지면?

그러다 내 모든 것이 무너지겠지?

그럼 그땐 어떻게 해야 하지?

온통 내 걱정뿐이었다.

나의 내일만 초조했어.

토닥토닥이 필요합니다

사랑은 똑같이 끝냈는데 버티고 있고,
애써 쌓아온 기억을 지우고 있는 건
나도 그 사람도 똑같은데

뭐가 그리 못됐다고 나쁘다고 너무하다고
이기적이라 욕하기에 바빴어.

그래 너무했어.
내가 이렇게 쭉 너무했어.

애정의 책임이란

오롯이 자신의 것
ver.1

_나 왜 슬픈 걸까?

슬퍼하지 않으려고 이곳으로 도망쳐왔는데
울컥하지 않으려, 웃고 있는데.

억지로 즐거운 척했더니
피로함이 몰려온다.

보고 싶다 정말.

토닥토닥이 필요합니다

애정의 책임이란

오롯이 자신의 것
ver.2

_나 왜 슬픈 걸까?

그래 그럼 울면 되는 거지
굳이 잊어버리려고 애쓰지 말자.

마음껏 감정적이었다가 어떤 날은 이성도 조금 유지했다가
일도 하고, 때 되면 밥도 먹고, 친구도 만나고 술도 마시다가
그러다가…
갑자기 숨 막히게 생각나면 울기도 하고 그럼 되지.

사랑은 헤어짐을 포함해
오롯이 나의 것이었으니
그러니 괜찮아 보이는 척 애쓰지 말자.

토닥토닥이 필요합니다

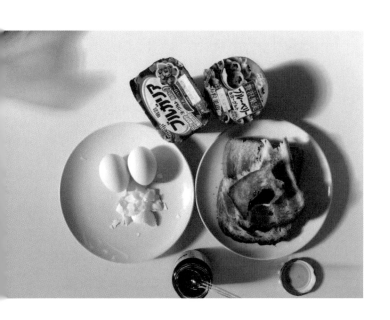

너마저 떠나도

나한텐
너밖에 안 남아

안부만 보고하던 엄마가 격렬히 보고 싶어지며,
엄마의 어설픈 요리 솜씨마저도 간절해지는 여행 20일.
오늘 동경은 바람이 쌩쌩 붑니다.

모든 가게가 열한 시쯤 느긋하게 문을 여는 도쿄에서 일찍
일어나 움직인다는 건 의미가 없어요. 빨리빨리 나라에서
태어난 제게 느릿느릿을 보여주는 이곳은 늘 기다림의 연속
이지요. 그러나 도쿄는 기다린 만큼 친절함으로 답해줘요.

아! 타인에게 베푸는 친절함은 그 나라의 중요한 매너이기
도 하지만, 그 이전에 여행자에게도 꼭 챙겨야 할 준비물이
라고 생각해요. '실례합니다'라는 한마디에 도저히 안 보이
던 지도가 생기기도 하고, '감사합니다'라는 한마디에 허기
를 달랠 수 있는 간식을 손에 넣기도 하니까요.

혼자일수록 모르는 사람이 베풀어주는 친절함을 소중히 챙기며 여행을 이어가요. 혼자 여행하는 것이 습관이 될까 무서울 때도 있지만, 그래도 계속해서 혼자 여행을 고집하는 이유는 내 오지랖에 나까지 피곤해지지 않기 위해서예요. 계속 배려하려는 착한 여자 콤플렉스로 남까지 피곤하게 할까 봐.

어떤 날은 이런 적이 있었어요. 알고 지낸 지 얼마 되지 않은 친구와 우연히 여행을 갔는데, 첫날 저녁 우리는 서로에게 먹고 싶은 것을 물어보았죠. 각자 마음속에 한 가지씩 답은 있었겠지만, 숨긴 채 이렇게 말해요.

"네가 먹고 싶은 거 먹어도 돼."

계속해 배려하다 우리는 정말 말할 수 없을 만큼 배고픈 상태에 이르렀고, 결국 아무 곳이나 가자 하고 들어간 라멘 집은 두 젓가락 먹고 나와야 했어요.

그때 느꼈죠. 서로에 대한 지나친 배려는 맛없는 음식을 마주하게 할 수 있다고, 가끔은 자신이 먹어보았던 맛집을 안내하는 것 또한 진정한 배려일 수 있겠다는 생각도요.

결국, 체하고 말았어요.

커플 사이에 껴서 혼자 영화도 볼 수 있고 크리스마스 날 노래방 가서 혼자 노래도 부를 수 있는데 말이죠, 그런데 혼자 밥을 못 먹어요. 이건 혼자 여행하는 데 있어서 굉장히 치명적이죠.

일주일 연속 식당에 들어가 밥 먹을 용기가 나지 않아, 편의점 음식과 패스트푸드로 끼니를 때웠어요. 결국, 일주일째 되는 날, 여러 약국을 오갔고, 여행을 극기 훈련으로 만들었죠.

그때쯤, 한 카페를 발견했어요.

_CHICHI CAFE

멋있음을 뽐내듯 일렬로 서 있는 개인 주택, 그 사이로 어울리는 듯 어울리지 않는 듯 독특한 인상을 주던 한 카페. 오늘도 역시나 밥을 찾는 건 무의미하다 생각하며 메뉴판을 보고 있는데, 주인아저씨께서 '런치 세트'라며 메뉴판을 하나 더 보여주셨죠.

_소고기 간장조림 정식.

"이거요!!" 마셨다, 그 표현이 옳아요.
한 톨도 남기지 않고 다 먹었어요.

그렇게 정신을 차리고 보니, 이제야 눈에 들어온 가게.
분명 아까부터 있었겠지만,
가게의 통유리 밖으로 보이던 파란 하늘과 울창한 나무
그리고 또 아까부터 분명히 흘러나왔겠지만,
이제야 들리던 노래.

_존 레넌 'Oh My Love'

"집에 가기 싫다."

이곳에 온 이후로 계속해서 주저앉아 있었는데,
다시 끝없이 걷고 싶어졌어요.
날 두 배 힘들게 했던 외로움도 더는 나쁘지 않고요.

이건 다 밥 때문인가?
이 변덕은 밥 때문이라고 할게요.

그렇게 한참을 그곳에서 따뜻한 음악, 파란 하늘,
친절한 주인아저씨와 함께 있었어요.

혼자 떠나오니 같이 떠나주던 친구에게 습관적으로
연락을 해요.

토닥토닥이 필요합니다

정갈한 꽃집을 보니 꽃을 좋아하는 친구가 생각나고,
백화점을 보니 늘 바른말로 나의 충동구매를 막아주던
친구 생각도 나고,
테라스를 보니 따뜻한 그녀와의 맥주가 간절해져요.

떠나오니, 좋은 것을 볼수록 좋은 사람들이 떠올라요.
내 옆에 있어주던 사소함들마저도 얼마나 소중한지
알게 되었고요.

그리고, 그래도…
이곳이 아무리 좋아도
결국 돌아가고 싶게 만드는 그가 보고 싶은 밤이에요.

너 말고는

다 따분하니까

두꺼운 패딩을 입고, 목도리를 둘둘 말고 있어도
나에게 너는 추워 보였다.

아무 말 없이 너를 안아줄 수밖에 없었다.

이해가 되었다. 건조한 너의 마음을.
이해해주고 싶었다. 어쩔 수 없는 나의 마음을.
이렇게 곁에 있을게, 가끔이라도 혹은 순간이라도.

"너의 일부가 되고 싶었던 것이지 전부가 되고 싶었던 건 아
니니까."

널 만나고 온 날,
어쩔 수 없는 나를 위로하듯 이렇게 일기장에 썼었다.

토닥토닥이 필요합니다

널 만나고 온 날,

나는 이렇게라도 옆에 있게 해달라고 기도했었다.

그렇게 한 사람을, 한 남자를 5년이란 긴 시간 동안

늘이고 늘이며 오랫동안 좋아했다.

수많은 상처를 받아도 그 사람 옆에 있는 것이 가장 좋았다.

이젠 더는 어떤 말도, 문장부호도 붙일 수가 없다.

하고 싶었던 말들이, 주고 싶던 이야기가 사라졌다.

마침표를 찍어야 하는 순간,

더는 늘릴 점점점은 만들지 말자,

우리 이젠, 서로 인생에 더는 끼어들지 말자…

상추의

효능

헤어진 후 여자는
나아진 줄 알았던 불면증이 다시 시작되고 있었다.

새벽은 24시간 틀 안에서도 유달리 길게 느껴지는
구간이었다.
잠이 오지 않으니 여자는 다른 사람보다 하루가 늘 길었다.
그 시간을 다 쓰지 못해 매일 밤 상추를 먹기 시작했다.

상추 먹으면 잠이 잘 온대. 얼핏 지나가는 말로 들었는데,
들었을 땐 분명 어이없었던 그 말을 여자는 사용 중이었다.

헤어진 후 남자는
헤어지잔 그 한마디 남기고는 6개월 만에 다시 찾아왔다.

토닥토닥이 필요합니다

다시 만나자는 말을 최대한 아무렇지 않게 말해보았다.
미안함을 덮으려 변명도 추가했다.

"나 너 만날 때 최선을 다했어."

그 말에 여자는 알 수 있었다.
자신이 다시 만나자는 말을 기다린 줄 알았는데…
자신을 끝내게 해줄 말을 기다렸단 걸.
가슴속에 돌멩이를 꺼내 줄 말을 원했다는 걸.

헤어져야 할 그의 비겁한 모습을
잊을 수 있게 해줄 그의 변명을 여자는 기다린 것이다.

_이제 헤어졌다.

마음을 확신할 수 있던 순간.

이유조차 없이 '헤어지자' 그 한마디 남기고 돌아섰던
그날의 남자를 떠올리며 대답했다.

"알아, 그런데 난 너랑 헤어지고도 최선을 다했어."

다

내 탓

들러붙어 있기에 이토록 쓸쓸했던 것이다.
굳이 구태여 옆에 있으려던 다 내 탓이다.

호기롭던 여자,

　　　　　　익숙하지
　　　　　　않던 남자

처음에는 웃고 있는데도 행복해 보이지 않는 그에게
관심이 갔다.
지쳐 보이는 그 남자의 어깨가 여자는 마음에 들었다.
예전부터 슬프고 아픈 것들에 더 애정을 쏟는 여자였다.

_그에게 아픔이 있겠다.

어렴풋이 그렇게 짐작했지만,
그 아픔의 종류가 무엇인지 여자는 크게 개의치 않았다.

_아픔은 누구에게나 있으니, 그의 아픔을 나눠 들어주자.

여자는 자신이 할 수 있을 거라고,
나만 할 수 있을 거라고 그렇게 생각했다.

　　　　　　　　　　　　　　토닥토닥이 필요합니다

이렇게 사랑엔 늘 호기롭던 여자였다.

처음부터 여자는 살랑살랑 강아지처럼 다가왔다.
귀엽고 사랑스럽고 같이 있으면 따뜻했다.

_그녀는 사랑이 많았다.

굳이 마음을 열어보지 않아도,
표정에서 이미 다 들켜버리는 그녀가 남자는 예뻤다.
유독 까맣게만 칠해져 있던 사랑의 방에 빛이 들어왔다.

하지만 그렇다고 그녀를 선뜻 방 안에 들여놓을 수는 없었다.
여러 가지 삶의 무거움에 치여,
남자는 사랑의 무거움까지 떠안고 싶지 않았다.
그렇기에 '이 사랑은 다르다'는 마음의 말을
인정하지 않았다.

이렇게 상처를 나눠 갖는 것에 익숙하지 않던 남자였다.

여자는 빠르게 달려갔다.
그를 하루빨리 행복하게 해주고 싶었다.

이 세상에는 생각지도 못한 곳에서 행복을 발견할 수 있다고,
너를 진짜 웃게 할 수 있는 내가 되겠다고.

남자는 그 마음들을 한편에 쌓아두었다.
시간이 얼마나 흘렀을까?

'그녀가 좋아졌다. 아니 사랑한다.'
그렇게 말할 수 있는 정도가 되었다.
늦지 않았길 바라며,
그녀가 좋아할 만한 영화 티켓을 끊어 그녀에게 달려갔다.

그녀의 회사 앞에서 얼마간을 서성거렸다.
기다리다 보니 왠지 모를 불안함이 따라왔다.
그녀의 마음도 자주 이랬을 거로 생각하니,
돌 하나를 삼킨 듯 마음이 묵직해졌다.
그렇게 얼마간을 더 서성거렸을까, 멀리서 그녀가 보였다.

'어쩐지 너무 행복하다 했어…'

여자는 남자의 고요함이 힘에 부쳤다.
사랑은 바라지도 않았다.

토닥토닥이 필요합니다

마지막까지 여자가 바랐던 건 남자의 대답이었다.

내가 너에게 달려와서 좋은지 싫은지
내가 너의 옆에 누워 있어서 좋은지 싫은지
내가 널 웃게 할 수 있는지 아닌지
너의 마음을 기다려도 되는지 아닌지
계속 내가 너의 옆에 있어도 되는지 아닌지.

그리고 이렇게 다른 사람과 있는 날 보며,
너는 질투가 나는지 안 나는지…

늘 연애의 고질적인 문제는 타이밍이지만
늘 연애에서 놓치는 하나는 사랑의 속도이다.

그녀에겐 느렸던 시간들이 그에겐 빨랐을 것이고
그에게 빨랐던 감정들이 그녀에겐 답답한 속도였을 것이다.

타이밍만큼 맞추기 어려운 감정의 속도.

하느님, 만약 우리가 운명이라면
같은 시계의 톱니바퀴를 돌려주세요.

토닥토닥이 필요합니다

핑크빛 마음과

점 하나의
상관관계

남자: 좋아해.
여자: 나도.

여자는 이제 막 새로운 사랑을 시작하려는 순간이었다.
남자는 쑥스러운 듯 손을 내밀었다.

멈칫, 여자는 자신의 핑크빛 마음에 점 하나를 발견했다.
저번 사랑에 다친 상처가 일 년 정도 지나 흉이 된 것이다.

'이 상처가 다 아물었을까?'

이번엔 후회하지 않으면 좋겠다.
어떤 것이 나을지 몰라 여자는 또 덥석 손을 잡았다.
'이 사람은 널 좋아해. 그러니 넌 손해 보는 것이 아니야.'

토닥토닥이 필요합니다

사실 힘에 부치는 말이었다.

이런 부주의함은 결국 나를 또 지저분하게 만들 것이다.

여자는 다시 손을 놓았다.

네가 싫은 것이 아니다.

또다시 너에게 익숙해질 내가 귀찮았다.

어느 순간 너보다 날 더 좋아해달라며 조르고 있을 내가

두려웠다.

내가 잡으려는 이 손에 숨이 조여오지는 않을까?

가벼웠던 대답과는 다르게 몸이 선뜻 나서질 않는다.

아무래도 상처는 아직 아물지 않았나 보다.

헬로우

프랭크?

향기로 그 사람이 표현될 때가 있다.
내가 프랭크를 처음 만난 날이 그랬다.

혼자 와인까지 마시고는 배가 불러 조금 걷자 생각하며 가게
에서 막 나오려는데, 누군가 내 앞을 빠르게 지나갔다. 좋은
향기에 나는 고개를 돌렸고, 그렇게 프랭크를 볼 수 있었다.

고개를 푹 숙이고는 지도에 열중해 있는 모습이 나와 너무
비슷해 한발 뒤에서 그 모습을 지켜보며 따라 걷고 있었어.

네가 확 돌아 나에게 길을 물을 때까지.

나는 당황했고, 역시나 말까지 더듬으며 길을 알려주었지.

토닥토닥이 필요합니다

_아, 다이칸야마 역이요? 이쪽으로 가면 돼요. 따라오세요.
_당신도 그쪽으로 가는 길이에요?

네가 엄청 반가운 듯이 물어보았어. 나는 무슨 생각인지 고개를 끄덕였고, 그렇게 너와 다이칸야마 역으로 향했지. 집에 가려면 반대 방향 열차를 타야 했던 나는 잠시 망설였지만 네가 탄 열차에 올라타버렸어.

그냥 너의 향기가 좋아서 그랬다고 할게.
솔직히 이야기하면 부끄러우니까.

프랭크는 미국에서 왔다고 했어. 오늘이 도쿄에 온 첫날이라고, 도쿄뿐 아니라 일본 역시도 오늘이 처음이며 일본에서 1년간 영어 선생님을 하게 되어 이곳에 오게 되었다고, 묻지도 않은 말들을 신나는 듯 설레는 듯 이야기했어.

아! 지금은 룸메이트를 만나러 가는 길인데, 찾아가는 곳에 같이 살기로 한 룸메이트가 기다리고 있다고 그 여자인지 남자인지 일본인인지 미국인인지도 모를 룸메이트의 문자까지 보여주며 말해주었지.

잠깐의 정적이 흐른 후 프랭크는 물었어.
_페이스북 해?

_아니.

안타깝게도 나는 페이스북을 하지 않았고,
아쉬운 마음에 나는 다른 SNS를 물어보았어.
_인스타그램 해?
_아니.

프랭크는 대답했지. 우린 다음을 기약하고 싶었지만, 약속
장소가 겨우 네 정거장 뒤였던 너는 곧 내려야 했고, 그렇게
우린 악수를 하고 헤어졌어.

내리고 몇 초 안 되어 프랭크가 뒤돌아 한 번 더 인사하는데
그 순간 얼마나 따라 내리고 싶었는지 너는 알까?

다행인지 아닌지 나에게 그 정도의 용기는 없었고 열차 문
은 닫혀버렸어. 문이 닫히며 문에 비친 내 얼굴을 보았어.
새빨개진 얼굴에 나는 케빈처럼 놀랐어.

아까 먹었던 와인 때문이라고 생각할래.
솔직히 말하면 쑥스러우니까 그렇게 할게.

그래 맞아, 누군가와 대화가 그리워서 그랬어.

조금만 더

방황할게

늘 사고는 평화롭던 날에 일어나죠.

띠링: 너 숫자 못 읽지?(친구1)
띠링: 이 정도면 수행비서가 따로 필요한데…(친구2)
띠링: 뭘 어떻게~ 또 자고 오면 되지.(이모티콘_웃음)

엄마의 문자를 마지막으로 비행기는 저를 여기 둔 채로
활주로를 달려요.

_비행기를 놓쳤어요.

한국에서 한 번, 홍콩에서 한 번, 일본에서 한 번
그리고 지금 막 일본에서 또 한 번.

토닥토닥이 필요합니다

홍콩에서 놓쳤을 땐 너무 일찍 얼리버드 티켓을 예매한 탓이었어요. 자주 비행기를 놓치는 저는 이번엔 정신을 바짝 차리고, 무리하게 일찍 공항에 도착해 당당함과 뿌듯함이 섞인 표정으로 여권과 티켓을 내밀었죠.

"This ticket is Yesterday."
"What?(나 원 참)"

한국에서 놓쳤을 땐 제 입으로 말하기도 창피하네요. 아무튼, 방금 제가 놓친 비행기, 한국 가는 마지막 비행기라네요.

"내일 아침 아홉 시 이십 분 비행기가 한국 가는 첫 비행기예요." 여유를 넘어 우아하기까지 해 보였던 항공사 직원의 말이에요.

_공항 숙박 당첨.

당첨과 긴장이 풀려서인지 배가 아파졌어요.
의자를 부여잡고 식은땀을 흘리는데 어떤 한 분이 다가왔어요.

"어디 아파요?"
"네, 배가…"
"택시 불러줄까요?"

_잠깐 택시?

그 살인적인 가격이라는 도쿄의 택시?
병원이 어딘지도 모르는데…

"괜찮아요."
"그럼 구급차 불러줄까요?"

_잠깐 구급차?

일단 나리타 공항은 도쿄 시내와 엄청 멀다.
한국에서도 타봤던 구급차는 가격이 어마어마했는데,
지갑에 얼마 있었지? 3,000엔? 2,000엔?
아 그것도 아까 밥 먹을 때 썼지…

"괜…찮아요."

거의 울기 직전의 목소리로 두 번을 거절하자, 그분은 미련 없
이 가버리셨어요. 그 뒷모습을 바라보며 화장실로 뛰어갔죠.
캐리어도 버리고 급한 불을 끄고 돌아오는데, 캐리어 앞에
아까 그분이 서 있어요. 네모난 약봉지와 함께.

"이거 먹어요. 그럼 좀 괜찮을 거예요."

이 과한 친절을 어떻게 받아들여야 할지, 하지만 이 순간 살고 싶어요. 감사하단 말을 하고, 약을 받아 입에 넣자 정말 얼마 안 되어 마법같이 괜찮아졌어요.

"저는 비행기를 놓쳤어요."
"정말요? 이제 공항은 문을 닫아요. 저쪽에 만남의 광장이 있는데 그곳만 열 거예요. 일어날 수 있겠어요? 데려다줄게요."

알고 보니 그분은 공항에서 일하는 분이셨어요. 그렇게 밤새 열어둔다는 그곳까지 친절히 데려다주셨고, 새벽에 내가 살아있는지 한 번 더 보러 와주셨어요. 따뜻한 담요와 함께.

일본의 친절함은 유명한 그대로예요.
물론, 개인적인 친절함이라고는 생각해요.

타인에게 엮이지 않기 위해, 타인과 나눠 살아가기 위해 자신의 구역을 지키는 듯한 기분이 들 때도 있지만, 저는 그 나라 특유의 개인적인 친절함이 좋아요.

사람들은 어떤 나라에 대해 로망을 만들어요. 지나가다 우연히 본 사진 한 장에 저는 볼리비아 우유니 소금사막에 가보고 싶어졌고, 나의 감성에 딱 맞는 일본 영화 한 편에 가마쿠라로 여름휴가를 정하기도 하고요.

로망은 이렇게 개인적인 취향을 반영하지요.

사실 상상하고 버무리고 키워놓았던 로망은 실제를 접하면 많이 사라지기도 해요. 그런데, 막상 여행에서 로망은 그렇게 중요하지 않을 거예요. 언제라도 뒤돌아봤을 때, 평생 간직할 수 있는 사진 한 장쯤은 가슴속에 찍어줄 테니까요.

'그럼 떠나볼까?'
오늘 밤은 낯선 곳으로 떠나고픈 밤이 되셨으면 좋겠어요.

늘 여러분의 여행을 응원합니다.
그리고 지금 혼자 타국에서 계실 모든 분의 외로움이
멋있습니다.
우리 평생 여행하며 살아요.

토닥토닥이 필요합니다

바람이

불었다

ver.1

차마 하지 못한 이야기도
다 알아줄 것만 같은 새벽이었다.
좋다는 말은 이미 수백 번도 더 하였는데
너에게 닿지 못할까, 같은 마음이지 못할까
계속해서 중얼거렸다.

걷다 보니 서늘한 가을바람이 불었다.
나는 용기를 내어 너의 왼손을 잡았다.

여행에서 가장 중요한 건 '바람'이다.
떠날 수 있게 해주는 바람
걸을 수 있게 해주는 바람
그래서 누군가의 손을 잡을 수 있게 해주는 바람.

그렇게 우린 한참을 바라보며 서 있었다.

토닥토닥이 필요합니다

바람이

불었다

ver.2

교토에서 우연히 바다를 보았다.

'너무 좋다'는 말에 어떤 무수한 감정의 리액션도
이 감정을 담을 만한 요란한 부사어도 생각나지 않았다.
이미 나조차도 어쩌지 못하는 마음이었기에.

좋다는 말은 이미 수백 번도 더 하였는데
더 하지 못한 것이 아쉽게 될까 계속해서 중얼거렸다.

이어폰에서는 라디오헤드의 'CREEP'이 흘러나왔다.

흐르던 노래와 불었던 바람, 그리고 눈앞의 바다.
셋은 친구인 듯 참 잘 어울렸다.

난 그렇게 그 친구들과 한참을 서 있었다.

토닥토닥이 필요합니다

토닥토닥이

필요합니다

오사카, 교토는 참 저에게 의미가 깊은 여행지예요. 한 번은 태어나 처음으로 깊이 사랑해본 사람과 갔었고, 또 한 번은 태어나 처음으로 혼자 떠난 여행의 목적지이기도 했었고. 저에겐 의미가 깊은 곳을 또 한 번 혼자 가게 되었어요.

일본이 대체로 그렇지만, 교토는 유독 과거와 현재가 공존하는 도시인 것 같아요. 어떤 곳은 발 빠르게 발전해서 현대적이고, 또 어떤 곳은 옛것을 이리도 잘 보존할 수 있나 하는 감탄이 나올 정도로 과거를 잘 챙겨두었어요. 매력 있는 도시죠.

그 매력 있는 도시를 헤어 나올 수 없었던 그와 처음 갔어요. 그는, 나에게 친절한 남자친구이자, 든든한 오빠이자, 내 모든 걸 다독여주던 아빠였어요.

너무 많은 역할을 그에게 주었던 탓일까요? 산산이 부서지며 연애를 끝내고 보니, 우리 사이에 남은 건 애틋함보다는 허탈함이 컸고, 사랑의 애틋함보다는 헤어짐의 허탈함이 더 길게 가더라고요.

헤어진 다음 날은 꽤 여러 친구에게 연락했던 것 같아요. 부서진 내 모습이 감당될 것 같지 않았거든요.

헤어진 지 한 달이 지났을 땐 더는 친구에게 말하지도, 위로받지도 않았어요. 갑자기 울어버려 친구들을 놀라게 하는 일도 그만두었죠. 괜찮아졌다고, 이제 새로운 사람을 만나야겠다며 청승 떨지도 않았고, 그의 물건들을 일부러 치우지도 않았어요.

이 모든 것들을 해버리면
이젠 진짜 헤어짐을 인정해야 할 것 같아서…

그때 우리가 눈이 마주치지 않았다면,
우린 분명 남이 되었을 텐데.

나는 그가 오래 살았으면 좋겠어요.
나는 그가 이 세상에 혼자 외롭게 남겨져,
죽도록 사랑을 그리워했으면 좋겠어요.

여행 속,

카페인
법칙

교토행 한큐센을 타고 가다 보면, 그 노선 중간쯤 가츠라 역이 나와요. 그 역에 내려 다른 노선으로 한 번 갈아타면 아라시야마 역에 다다라요.

아라시야마는 영화 〈게이샤의 추억〉에 나오는 유명한 장소죠. 그 대나무 숲 장면을 촬영한 곳이에요.

제 설명이 써놓고도 부족해 보이네요. 혹시 길을 모르신다면, 이건 엄마가 알려준 팁인데, 무조건 사람들이 가는 쪽으로 따라가라고 해요. 혼자 갔을 땐 더더욱 다른 팀 가이드를 같이 일행인 듯 쫓아가면 된다고.

때마침 엄마의 말이 떠올라, 앞을 보니 정말 깃발을 든 가이드 분이 팀을 통솔하고 계셨어요. 일행인 듯 주변을 맴돌다

토닥토닥이 필요합니다

출발신호와 함께 따라서 도착한 그곳.

영화처럼 살고 싶었던 적이 있어요.
영화처럼 살아본 적도 있고요.
그러다 영화를 만들어보고 싶어졌고.

이상하죠? 삶은 이렇듯 도미노 같아요.

아라시야마는 일본다워요. 옹기종기 모여 있지만 소란스럽지 않은 점도 그렇고, 비슷한 종류의 것들을 팔고 있는 가게가 많지만 각자의 물건을 존중하듯, 자신의 물건이 가장 자신 있는 듯 타인들과 어우르죠.

대나무 숲에 도착했어요. 입구부터 많은 사진기를 들고 서 있는 다양한 외국인들 사이에서 스며들려 노력해요. 한참을 숲 안으로 들어오다 얼마쯤 들어왔나 확인하려 뒤를 보았어요.

_와, 중독되겠다.

제가 생각하는 여행의 중독성은 아마 앞만 보고 걷던 사람에게 잠시나마 뒤돌아볼 수 있게 해주는 순간과 그 순간의 광경이 주는 짜릿함 때문이지 않을까요?

이상해요.

이 공기에 제 고민이 사라졌어요.

이 광경에 제 고민은 별것도 아닌 것 같아요.

지금 나에게 중요한 건 이 모르는 길 위에서 헤매지 않고

숙소로 잘 돌아가는 것과

내일 돌아가는 날인 것을 기억하는 것,

그렇기에 공항 가는 법도 알아두는 것.

서둘러 고민은 주워 담은 채, 가방 속 지도를 꺼내요.

교토에서 저는 늘 좋은 기억을 얻어가네요.

가는 길이 험난하지만, 그만큼 좋은 하늘을 선사해주니

추천해요.

이제 겨울이 얼마 남지 않았어요.

잠깐뿐인 봄이 오려 해요.

'행복했었어.' 이 기억들로 새로 올 봄을,

그 잠깐뿐인 봄을 아껴줘야겠어요.

토닥토닥이 필요합니다

울음의

근원

ver.1

2010년 9월 17일 인천발 오사카행.

여자의 기분은 실타래였다.
아직도 생생히 기억난다. 몸을 실어야 하나 말아야 하나.
자신의 몸인데도, 자기 생각들에도 의지할 수가 없었다.
믿음이 없으니, 여행의 즐거움도 당연히 꺼낼 수 없어
표정은 점차 굳어져갔다.
떠나기 전, 여자의 마음은 그랬다.

_그는 진짜 누굴까?
마음속에 맴돌던 단 한 가지 질문.

출국 수속 전, 친구에게서 전화가 왔다.
여자가 부탁한 번호로 전화를 걸어본 친구가 말한다.

토닥토닥이 필요합니다

"여자가 받았어. 그 사람 부인이래. 어떻게 하려고 그래?"
친구의 말을 끝까지 듣지 못하고 전화를 끊었다.

네 시간 뒤 오사카 간사이 공항.

믿음보다는 의리가 먼저였다.
함께했던 시간에 대한 의리, 같이 보낸 날들에 대한 예의.

_한국과 다른 풍경 때문이었을까?

비행기에서 그가 들려주던 노래 때문이었을까?

비행기에서 내리자 여자는 불안과 초조, 아픔과 의심,
그런 것들을 모조리 의리와 예의로 포장했고
그 마음에 리본까지 매어주었다.

공항에서 나오니 거센 바람이 불었다.
놓쳐버릴 것 같은 기분에, 여자는 그의 손을 잡았다.

돌아가면 놓아야 할 그의 손을 바람을 핑계로…

울음의

근원

ver.2

2015년 11월 21일 인천발 파리행.
여자가 떠나기 일주일 전.

남자는 운동화 한 켤레를 선물해줍니다. 멋과 유행이라고는
찾아볼 수 없는, 아무쪼록 운동화 본연의 기능만은 착실히
수행할 것 같은 투박한 운동화. 그러고는 말합니다.

"넌 키가 커서 넘어지면 크게 다친단 말이야."

떠나기 사흘 전.

어느덧 겨울이 성큼 다가온, 한 해를 한 달 앞둔 11월의 어
느 날 그는 자신이 입고 있던 패딩을 벗어 여자에게 입혀주
고는 조금은 짜증 섞인 투정도 부립니다.

토닥토닥이 필요합니다

"이제는 다시 혼자 가지 마, 이번뿐이야… 그런데 지금이라도 안 가면 안 돼?"

떠나기 전날.

여자는 부산스레 준비하다 보니 자신이 혼자 여행할 때면 늘 빼놓지 않고 챙기던 삼각대가 저번 여행에서 망가졌다는 것이 떠올랐습니다. 가는 날은 못 데려다줄 것 같으니, 지금 조금이라도 더 봐야겠다며 밤늦게 여자에게 달려온 남자. 한참 다른 이야기들을 하고는 집으로 돌아갈 때쯤 지금 막 생각났다는 듯 트렁크에서 쇼핑백 하나를 수줍게 건넵니다.

"예쁜 사진 많이 찍어와, 그리고 와서 나에게 들려줘."

비행기 타기 전.

그에게서 전화가 왔습니다.

"보고 싶을 때마다 편지 쓰려고 지워지는 볼펜 샀어. 편지지는 왠지 쑥스러워서… 근데 왠지 볼펜은 썼다 지웠다가 돼야 할 것 같아서… 오랜만에 문방구에 가봤는데 애들 되게 많더라. 건강하게 잘 다녀와."

여자는 마음이 따뜻해집니다.

늘 어린애 같던 여자에게 좋은 보호자가 생긴 것 같습니다.

활주로를 빠르게 달리는 비행기 안

그 안에 혼자 있는 여자는 더는 외롭지 않습니다.

토닥토닥이 필요합니다

3

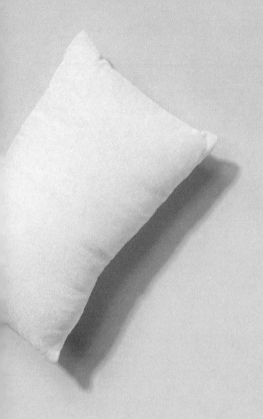

우연히

그리워질
모든 것

간격이

필요하다

_파리의 첫날 비가 내린다.

샤를드골 공항은 비가 내려요. 떠나는 날 억지로 캐리어에 우산 하나를 넣어준 엄마가 새삼 그립고 고마워요.

빨리빨리 나라에서 태어난 탓인지 느릿한 입국심사에 표정이 늘어져갔고 동굴같이 컴컴하고 음침한 천장, 거기 어딘가에서 나오는 안내방송 그리고 나와는 눈의 크기부터 다른 사람들, 곳곳에 붙어 있는 알 듯 말 듯 한 안내판이 또 한 번 모르는 곳에 내렸다는 혼란을 확신으로 만들어주고 있었어요.

숨겨뒀던 두려움이 피부 밖으로 기어나오고, 추적추적 비까지 내려 몸이 부슬부슬 떨려왔고, 그때 든 생각.

_불어를 하나도 모른다. 숫자조차 모른다.

아까 비행기에서 코 골며 자지 말고 기본 회화라도 외워둘 걸 하는 후회가 몰려올 때쯤 제 차례가 왔어요.

11월의 파리는 생각보다 따뜻하고요. 생각했던 것보다는 약간 무섭고, 생각했던 것보다는 빠르게 외롭습니다.

그래도 아침 일찍 일어나 분주히 움직이는 여행객들 사이에 있으면 묘하게 흥분되고 설레고 그렇답니다.

_파리 현대미술의 퐁피두센터.

무계획 여행을 고수하는 저지만, 이곳은 떠나기 전부터 꼭 가보고 싶었던 곳이에요. 섬뜩 놀란 입장료와 어마어마하게 긴 줄을 번갈아 보고 이 사람들 대부분이 나처럼 유명한 곳을 구경 온 관광객이겠다 싶었는데 막상 들어가 보니 대부분이 프랑스인이었어요.

예전에 신문에서 개인의 디자인적 재능과 기술에 큰 비용을 내는 나라일수록 선진국이 많다는 기사를 본 적이 있어요. 이렇듯 파리는 예술을 사랑하고, 그들의 노력을 존중하며, 미술의 가치를 지키는 멋있는 나라라는 생각이 들어요.

우연히 그리워질 모든 것

뜬금없지만, 포경 수술은 너무 어렸을 때 하면 안 된다고 해요. 자기 스스로 '어느 정도 컸다' 생각이 드는 초등학교 6학년에서 중학교 때쯤 하는 것이 좋다고 하더라고요.

이유는 '이것이 공포다. 이것은 아플 것이다.'라는 생각을 머릿속에서 미처 인지하기도 전에 그 상황에 노출되면, 그건 성인이 되어서도 지속적 트라우마로 남을 가능성이 크기에.

그런 이유와 같다면, 제 인생에서도 내려놓지 못하고 장기 보관되어 있는 트라우마가 있어요.

이런 아픔을 줄 거라는 걸 알기도 전에 시작한 첫사랑이 그렇고, 이런 슬픔을 줄 거라는 걸 알기도 전에 맞이한 아빠의 죽음이 그렇고, 이런 공포를 줄 거라는 걸 알기도 전에 봐버린 나의 비겁함이 그래요.

예전에 이별했을 땐, 헌혈을 그렇게 열심히 했어요. 헌혈하고 나면 정말로 아픈 곳이 생기니까, 보이지 않게 아픈 건 왠지 아무것도 아닌 것 같아서.

또 다른 이별을 했을 때, 그땐 귀를 많이 뚫었어요. 그러고는 빨간색 별 노란색 달 귀고리들을 정신없이 달아놨죠. 내가 귀걸이 하는 걸 지독히 싫어하던 그에 대한 반항의 의미랄까?

그러고 보니 그때부터 저는 참 미련했던 것 같네요.

스타벅스에서 다정히 손잡고 공부하는 연인들을 볼 때,
너무 슬프고 감동적인 장면에서 껴안아주었으면 할 때,
다시 연애를 시작하는 친구가 꽃까지 예뻐진다며
즐거워 보일 때.

세상에는 외로운 일투성이에요.
왜 너라는 남자는 모르는 걸까요?
그리움에는 간격이 있는 것 같은데,
왜 '보고 싶다'는 간격이 없는 걸까요?

하지만 날 외롭게 만드는 너라도,
이런 쓸쓸한 비가 내리는 날에는
너의 침대 위에서 잠들고 싶은 마음을 그는 알까요?

오늘도 저를 달래는 중이에요.
고작 하루를 버텨냈어요.

당분간 제 하루는 지렁이 젤리처럼 길 것 같아요.

우연히 그리워질 모든 것

우리가

헤어지는
다섯 번째 이유

여자는 대충 짐을 풀고, 가볍게 요기를 한 후 호텔로 들어가려는데 한국에서 첫 전화가 걸려왔다. 이곳에 와서 늘 조용하던 전화기가 '나 여기 있다'는 듯 요란스레 울려댔다.

저장되어 있지 않아도 익숙한 번호,
보지 않아도 알 수 있을 것 같은 익숙한 시간.

여자는 포기한 듯 한숨 한번 쉬고 전화를 받았다.
"어디야?" 지겨워져버린 그의 술 취한 목소리.
어쩔 수 없는 자신을 탓하며 최대한의 반항인 듯
침묵을 유지했다.

"어디야?"
다시 한 번 그가 담담히 묻는다.

우연히 그리워질 모든 것

"프랑스."

더 이상의 할 말이 생각나지 않았다.

슬프게도 어떤 감정도 남아 있지 않았다.

내 마음속에 사랑이 사라졌다.

미련이라 우기던 아픔들이 지나갔다.

여자는 솔직한 마음을 들킬까 무서웠다.

"끊을게."

"잠깐만, 연락 못 해서 미안해…"

"…우리는 두 번을 헤어지고 세 번을 만났어. 세 번을 헤어지고도 네 번을 만났어. 네 번을 헤어졌는데도, 혹시나 하는 생각에 연락을 기다리는 나한테 화가 났어. 그런데 계속 그렇게 해줘. 우리가 다섯 번째 헤어지는 이유는 다른 무엇도 아닌 너의 무관심일 수 있게."

후드득 소리에 창문을 열었더니 비가 내린다.

순간, 여지없이 울컥한다.

사랑은 없는데, 슬픔은 존재했다.

여자는 혼자 이곳에 온 지 삼일 만에 방음도 안 될 것 같은 이 작은 방 안에서 펑펑 울고 있었다.

누구를

위한 건지
모르겠지만

안 돌아오고 싶다.
지금 가면, 10년쯤 지난대도 우연히 네 옆을 스치는 일은
없길 바란다.
이 마음이 누구를 위한 건지 모르겠지만…

안 보이는 곳에 있으면
다가갈 수 없는 곳에 있으면
마음을 놓기 더 수월할 것으로 생각하였다.

늘 나는 마음을 포기하기에 바빴다. 조금 더 가고 싶다는 마음을 잡아두기 바빴다. 여전히 너는 달라질 게 없는데도 그래도 이 정도면 분명히 날 좋아하는 거라 다독이기 바빴다. 그는 마음을 쓸 줄 모르는 사람이니 어쩔 수 없다. 그렇게 나와 타협하기 바빴다.

그가 표현했던 모든 모호한 말들 속에서 항상 나는
진심이 아닌 거짓만을 골라냈다.
이 행동이 누구를 위한 건지 모르겠지만…

내가 지금 가면, 할머니가 되어서도 우연히
네 앞에 서는 일은 없길 바란다.

이 마음이 누구를 위한 건지 모르겠지만…

버렸으니깐

다신,
줍지 마

"다시 만나자고 연락 와도 나 걔는 절대 다신 안 만나!"
"뭔가 착각하고 있는 거 같은데 나 이제 너 안 좋아해."
"괜찮아. 괜찮지, 괜찮을 거야…"

이 가운데 어떤 말에도 거짓은 없었다.
친구에게 한 이야기 속에도,
너를 붙잡고 한 우리의 대화 속에도
그리고 타이르듯 나 자신에게 꺼낸 말에도 거짓은 없었다.

저 말들은 다 맞는데도,
그런데도 내 힘으로는 안 될 것 같았다.
내 힘으로는 그가 잡은 손을 놓을 수 없었다.

_그러니까 네가 놔줘.

우연히 그리워질 모든 것

무슨 생각으로 날 이렇게 또 한 번 허술하게 흔드는지
치밀하게 괴롭히는지 멍청한 나는 모르겠으니까.

계속 그의 게임기에 들어가 있어주었다.
신나게 두들기다 그만 재미없다 지겨워해주길 바랐다.

수없이 같이 놀아달라고 안아달라고 말하던 나를
놀이터에 버려두고 간 거,
그는 정말 기억이 나지 않는 것일까?
왜 갖기 싫다 버려놓고, 다시 주우려는 것일까?

그는 자기 마음을 모르고 있다. 나는 알겠는데.

'너는 나 안 좋아해. 너는 나 안 필요해… 그냥 잠시 너의 헛
헛함을 익숙한 뭔가로 메우고 싶었을 뿐이야. 메우는 덴, 익
숙한 것보다 새로운 것이 늘 효과가 좋고. 버렸으니깐, 다시
줍지 마.'

우연히 그리워질 모든 것

141

어쩌면 어리석은 건,

같은 사람과
두 번 헤어지는 것이다

어쩌면 죽을 만큼 좋아하지 않았을 수도 있다.

숨도 못 쉴 만큼 아프지는 않았던 것도 같다.

그래서 난 다시 만나자는 너에게 가기가 어려운지도 모르겠다.

우연히 그리워질 모든 것

불안함이

포함된
나이

_파리에서 일주일.

오늘 파리는 겨울을 경고하듯 차갑게 바람이 불어요. 한 해를 한 달 앞두고도 늘 인심 써주던 날씨였지만 차가운 바람은 나 역시도 정답을 만난 듯 반가웠어요.

내가 좋아하는 책을 읽고 있는 사람을 보면, 나도 모르게 책 주인을 살피게 돼요. 지하철에서 흰 수염과 체크 베레모를 멋지게 소화하고 계시던 한 할아버지, 이병률 작가의 『끌림』을 읽고 계셨어요. 왠지 저 할아버지 낭만을 아실 것 같아요.

_파리로 가는 비행기 안.

우연히 그리워질 모든 것

내 앞자리 한 여자가 정현주 작가의 『그래도 사랑』을 읽고 있어요. 책에 밑줄까지 쳐가며. 자세히 보니 책 속에 메모도 적어두었죠. 나와 책 읽는 습관이 비슷해 고개를 삐쭉 내밀어 한 번 더 그 여자를 관찰해요.

같은 것을 좋아한다는 것만으로도, 같은 곳에 가봤다는 것만으로도 그에 대한 애정도가 +1 상승돼요. +1의 효과는 생각보다 커서 나의 마음을 핑크빛으로 몽글몽글 부풀게 할지도 몰라요.

여행 중 보물이라는 표현을 자주 쓰는데, 주로 새로운 길을 걷다가 아는 곳을 만났을 때 써요. 뭔가 나만의 지도가 생긴 기분이랄까? 또 이를테면, 가고자 하는 곳의 버스 번호를 알았을 때, 혹은 걸어서 가는 길을 알았을 때.

자유여행객들은 위험도 감수하고 편리성을 위해 주로 지하철을 이용하잖아요. 그래서인지 위의 방법들을 알면 왠지 나만의 지도가 생기고, 마치 현지인이 된 듯 짜릿해지죠.

저번 날에 왔던 길이니까, 아는 길이니까 그렇게 습관처럼 한 곳으로만 가다 보면 여행이 지겨워지는 순간이 올 수도 있어요. 그럼 안 좋은 기억으로 변질할 수 있으니, 새로운 골목도 들어가보고, 다른 출구로도 나가보고, 또 저기 안 보이는 길 끝까지 가보기도 해요. 그러다 보면 마음이 편안해지는 골목들도 나오고 결국, 아는 길과 만나게 되는 우연이 생기기도 하는 것 같아요.

이렇듯 혼자 여행은 도전 정신을 높여주지요.
여행에서 가장 필요한 준비물은 이런 '용기'예요.

아무 책이나 꺼내 온종일 읽고, 만화책(완결판으로 20권 이상 되는)을 과자들과 함께 뒹굴며 보고, 보고 싶었던 영화들을 찾아 보다가, 듣고 싶은 노래를 찾아 듣다가, 다음 날 아침은 못 만나게 되더라도 이런 단조로운 것만으로도 행복함을 느끼고 싶은데, 저는 아홉 살이 아니니까요. 아! 요즘 아홉 살도 이렇게 살기는 힘들대요. 아이들이 혹 이 글을 읽으면 반발할 수 있으니 미리 말씀드려요. 제가 알아요.

아무튼, 행복해도 행복한 것만 골라 할 수 없는 스물아홉이 되었어요. 모든 행복에 불안감을 넣어놔 뭐 하나 맘 편히 하고 있지 못하죠.

이제 불안함이 포함된 나이가 되어버렸어요.

순수하지 않아졌어요.
미치도록 누군가를 좋아한 결과가 그런 걸까요?

우연히 그리워질 모든 것

순수하게 마음 가는 쪽으로 사랑했다는 꽤 그럴듯해 보이는 첫사랑의 결과가 저에게서 자신감을 빼앗았고, 다른 사랑에 대해 불신을 갖게 하였으며 그 불신을 아무렇지 않게 다음 사람에게 옮겨놓아요.

그럼 얼마큼 빼앗겨버렸는지도 모르는 순수함을 저는 어디서 찾아와야 할까요? 그런데 이 나이에 순수함이 필요는 한 걸까요? 그 순수함을 찾다가, 사랑에 져버린 건 아니었을까요.

아무래도 사랑한테 순수함은 필요치 않은 것 같네요.

내 사랑이

가장 특별하다고
믿었던 그때

사랑밖에 열정적일 게 없던 시절이 있었다.
다른 모든 것을 내팽개쳐도 사랑만큼은 목숨 걸었던 그때
다른 어떤 것도 내 사랑 앞에선 부질없었던 그때
다른 사람은 누구도 내 사랑보단 뒷전일 그때.

스물두 살이었기에 가능했다고 생각한다.
그렇게 사랑 앞에서 막무가내 순수할 수 있었던 건.

서른 살이 되어, 의도치 않게 스물두 살의 남자와 소개팅을
했다. 사랑 때문에 학교까지 포기했다는 이 남자의 순수함
에 뒷걸음치게 되는 나, 내가 해봤던 것들을 연애의 로망이
라며 이야기하는 이 남자의 깨끗함에 문을 닫아버리는 나.

순수한 건 재미없는 거였다.

우연히 그리워질 모든 것

순수한 건 무서운 거였다.

'그때 그 사람도 지금 나와 같은 마음이었을까? 내 열정이
무서워 뒷걸음치던 적이 있었을까? 내 사랑에 숨 막히듯 두
려웠던 적이 있었을까? 아니면 순수하다 자랑하듯 깜박이
던 나의 눈동자에 속으로는 코웃음 쳤을까?'

어찌 되었든 나는 이제 더는 순수하지 않아졌다.
직면하게 된 순수의 부재에 마음 어딘가가 어릿하다.

미치도록 누군가를 좋아한 결과가 그런 것이다.

참

서툰
사람들

"도대체 사랑한다는 게 어떤 건데? 뭔지도 잘 모르겠는데…"
"그냥 해줄 수도 있잖아? 둘러대듯 '나도.' 이렇게."
"좋아해, 정말 많이! 그런데 이게 사랑이라는 거면… 참 시
시한 것 같고."

사랑한다 말하면, 그 말에 어떻게든 책임져야 할 것 같았다.
좋아하는 걸 알기에도 바쁜데, 겨우 이걸 사랑이라고 말해
버리기엔 참, 뭔가 너무 시시하고 부족한 게 많은 것 같은
기분. 사랑받기를 원하면서도 이러는 우리는 참 서툰 사람
들인 거지.

그가 대답을 원하는 듯 건넨 '사랑해.'에 답을 할 수 없었다.
이게 사랑이 맞는 건지, 그를 사랑하는 게 맞는 건지 잘 모
르겠다.

우연히 그리워질 모든 것

이렇게 헷갈린다면 이 마음은 사랑이 아닌 건지,

사랑에도 정답이 있는 건지,

사랑에도 면역력이 생기는 것인지,

어느 정도 마음의 양이면 '사랑해.'로 내뱉을 수 있는 것인지.

사랑받기를 원하면서도 이러고 있는 나는

그 서툰 사람 중 한 명이다.

콩깍지

콩깍지에는 여러 종류가 있다.
애정의 콩깍지, 예쁨의 콩깍지, 감정의 콩깍지…
그런 콩깍지들은 사실 스스로 쓴 것이 아니다.
당신을 사랑하는 상대방이 당신에게 직접 씌어준 것이다.
그럼 그 콩깍지들을 필터 삼아 당신은 사랑을 만든다.

아마 그의 콩깍지가 모두 벗겨진 건 아닐 것이다.
그의 마음이 전부 날 떠난 건 아닐 것이다.
어쩌면, 그의 생각 중에 한 부분만이
날 밀어내는 것일 수 있다.
그의 몸 중 일부분만이 내 곁에 있기 싫은 것일 수도 있다.

그의 모든 것이 내가 싫은 건 아닐 테지만
그의 사랑이 날 떠났다.

우연히 그리워질 모든 것

거기에 대고 더는 따질 말이 없었다.

그의 모든 것을 내가 다 알지 못하듯
그의 모든 것을 내가 다 이해하지 못했듯
나의 모든 것이 그에게 아름다울 수는 없었겠지.

나의 모든 것이 아름다울 수 없었듯
그의 모든 것을 내가 다 가지지 못했다.
그걸 알기에 이미 떠난 사랑에 대고 돌아오라 말할 수 없었다.

내 곁을

맴돌지
않기를

프랑스 생제르맹 거리에 있는 100년 된 카페 '라 팔레트'
세잔과 피카소가 단골로 드나들며 유명해졌다고 해요.

_봉주르.

유독 화려하게 느껴지는 파리의 인사말이 낯설어 눈도 마주
치지 못했던 삼일이 지나가고, 이젠 수줍게 '봉주르'라고 대
답할 정도로 파리에 익숙해지고 있어요.

메뉴판을 받고 보니 이곳도 역시나 빵. '더는 빵은 제발' 위
에서 외치고 있지만, 이곳에서 저에겐 선택권이 그리 많지
않네요. 그나마 단어들이 적게 조합된 메뉴로 요기만 해야
지 생각하며 주문했는데…

우연히 그리워질 모든 것

_빵만 네 접시.

잠시 잊고 있었던 나의 불어 실력을 한탄하며 크루아상 한 개를 한 입 겨우 베어 물고는, 그것을 커피로 쑥 밀어 넣어요. 체하지 않게 작은 숨도 넣어주고요.

_이 정도면 배불러.

위를 위로하고는 테이블에서 눈을 떼고 테라스 쪽을 건너다 보니 얼굴도 수염도 옷도 하얀 할아버지와 눈이 마주쳤어요.

싱긋.
울컥.
순간 아빠가 보고 싶어졌어요.
태어나서 처음으로 엄마가 아닌 아빠가.

열다섯 살 때 아빠가 돌아가신 후로 오랜만에 느껴보는 아빠의 부재. 그리고 아빠의 부재를 왜 이 머나먼 타국에서 느끼는 것인지 스스로도 당황하였지만 울지 않으려, 엄마에게 문자를 보냈어요.

사실, 아빠 이야기는 나름 금기어였거든. 내가 보고 싶어 하면 엄마가 더 힘들 것으로 생각해 일 년에 한두 번 아빠와의 의리를 지키려, 혼자 추억들을 빠르게 넘겨보는 정도였는데 이상하게도 이 기분을 엄마에게 알려주고 싶어 핸드폰을 꺼내 엄마에게 문자를 보내요.

'엄마, 오늘은 너무 많이 아빠가 보고 싶다.'

엄마는 분명 전화하여 웃을 거예요. 여행하는 동안 심적으로 약해진 나를 이해하겠지만, 달래진 않을 거예요. 그렇게 늘 자신의 방식으로 나의 방황을 이해해준 엄마였어요.

다시 앞을 보니 하얀 모습의 할아버지는 사라지고 안 계셨고, 그때 문자가 도착했어요.

'응 엄마도.'

여러분은 '좋아한다'와 '사랑한다'를 구별할 줄 아세요?

〈우리도 사랑일까?〉라는 영화를 보면 주인공 마고 역을 맡은 미셸 윌리엄스, 다른 영화에서도 그랬지만, 참 사연 있게 생긴 얼굴이라고 생각해요. 그 점이 이 영화에서도 중요한 부분을 담당하죠. 영화에서 많은 부분이 인상 깊었지만, 특히 이 장면이 기억에 남아요.

우연히 그리워질 모든 것

_부부의 대화.

"감자 깎는 칼로 네 살을 다 벗겨버릴 정도로 사랑해."
"멜론 기계로 네 눈알을 빼버리고 싶을 만큼 사랑해."
이렇게 둘이 농담인 듯 진담 같은 장난을 쳐요.

어느 날 부인이 묻죠.
"예전엔 이런 말장난에 나한테 져줬는데, 요즘은 왜 안 져줘?"

남편은 대답해요.
"더 사랑하게 되니까 더 잔인한 말들이 나와."

그냥 지나가는 장면인데, 왠지 모르게 저는 공감이 갔어요.

사랑한다는 건 어떤 걸까요?
어느 정도의 마음이면 사랑이라고 말해도 될까요.

한 사람의 심연을 이해하기 위해선,
아무래도 온 마음이 필요한 것 같습니다.

우연히 그리워질 모든 것

계속해서

마음이
슬프다면

처음에는 네가 매일 늦게 끝나는 게 싫었어.

밤늦게까지 일하는 너의 분주함보다 그 시간 동안 내가 생각나지 않았다는 것에 외로웠어.

날 외롭게 두면서도 친구들 일에는 무한히 애정 있는 너의 모습에 서운했어. 서운한 걸 서운하지 못하게 미리 방어해 버리는 너의 웃는 얼굴이 속상했어.

그러다가 알았어.
_내 마음만큼 너는 날 좋아하지 않는구나.

그래도 나는 네 옆에 있을 수 있다면 행복했어.
진심으로 좋아하면, 조금씩 네가 곁을 내어줄 줄 알았어.

우연히 그리워질 모든 것

그렇게 너에게 매달려 내가 가진 걸 모두 잊어버리고
잃어버려도 나는 너만 지키면 됐었어.
그럼 너도 그렇게 해줘야 하는 거잖아.
다른 것들보다 내가 조금은 중요했어도 되는 거잖아.

내가 널 지키려고 무슨 짓을 했는지 알아?
누가 말려도 때려도 못 들은 척 가만히 있어야 했어.
누가 잡아도 가둬도 절대로 끌려가지 않으려고 버텼어.
발버둥 치고 상처 내고 부러져 끌려가면서도
나는 다른 한 손이 네 손이라면 행복했어.
늘 내 마음은 이랬어, 너는 몰랐겠지만.

결국, 이 마음속 어떤 단어도 전달하지 못했다.
솔직한 마음들은 다 심장 뒤로 숨겨둔 채 우린 헤어졌다.

그가 몰랐던 건, 내 마음이 아니었다.
이렇듯 늘 진심을 숨겼던 내 가면이었다.

'나는 그렇게 속 좁은 여자가 아니야, 강요하는 여자가 아니야.'
난 다른 여자와 다르니 배려라고 말하고 싶은가?

그래놓고 '왜 내 마음을 몰라줘.' 속상하다 말하고 싶은가?
아니다. 우린 그에게 솔직하지 못했다.

기꺼이 사랑하는 이에게 나의 가면 속 진짜 모습을
보여줄 수 있는 것이,
또 기꺼이 사랑하는 이의 가면을 벗겨줄 수 있는 것이,
그렇게 서로의 진짜 모습에 직면할 수 있는 용기가
진짜 사랑이 아닐까.

솔직하게 말하면 떠날까 두려운가요?
그렇다면 숨긴다고 그가 더 오래 내 옆에 있을까요?
두려움도 숨 쉴 곳이 필요해요.
나의 실체를 보여주는 걸 두려워하지 말아요.

우연히 그리워질 모든 것

간절히 원하는 건

더 간절하게
원해야 한다

날 위해서, 널 위해서, 우리를 위해서도
밤마다 기도했어.
잠들기 전, 내 기도 안에는 늘 네가 있었어.

"그가 다시 저에게 돌아오게 해주세요."
"그 사람이 저를 다시 사랑하게 해주세요."
"오늘은 전화 오게 해주세요."
"아직은 다른 사람이 생기진 않게 해주세요."

"…그의 마음에 진심이었다고 해주세요."
나의 기도는 늘 너의 이야기가 전부였어.

내 인생을 널 잊는 데 다 써야 한다고 해도
나는 그럴 거야.

우연히 그리워질 모든 것

내 인생을 널 그리워하는 데 전부 다 써야 한다고 해도
널 다시 만나지는 않을 거야.

청소

중

_아직 좋아하는데…

만약 남아 있는 감정을 포기한다면,
내 남아 있는 사랑은 어떻게 청소해야 하는 것인가.

우연히

그리워질
모든 것

미슐랭가이드처럼, 내 인생에도 그런 별점 새겨진 지도가
있다면 프랑스 북서쪽 노르망디 해변의 작은 섬 몽생미셸은
별 다섯 개짜리, 죽기 전에 꼭 다시 가봐야 할 여행지 중 첫
번째가 될 거예요. 광활한 그곳은 사막이 아닌데도 꼭 끝이
안 보이는 사막 같았어요.

_너무 멀리 와버린 기분, 이곳이 나의 여행의 종착지일까?

막막함인지 먹먹함인지 말이 나오지 않았고,
사진기를 꺼낼까 하다가…

'사진에 지금 내 마음마저 그대로 담아줄 수 있을까?'
문득 그건 사치란 생각이 들어 카메라를 다시 넣어요.

우연히 그리워질 모든 것

하지만 여행은 늘 그렇듯, 좋은 것을 보니 좋은 사람이 생각나죠. 카메라 대신 주머니 속 핸드폰을 꺼내 그에게 보여줄 사진 몇 장을 그곳에 남겨두어요. 그러고는 기도해요.

"나중에 할머니가 되어, 할아버지가 된 그의 손을 잡고 이곳에 다시 올 수 있게 해주세요."

저는 반에서 일등이 최고는 아니라고 생각해요. 이 세상에 일등이 될 수 있는 일은 생각보다 많으니까요. 일등과 이등 사이 그 틈만큼 이등에게는 다른 능력도 주었을 거로 생각해요. 그렇다면, 3등은 1등과는 다른 두 개의 능력들, 4등은 1등과는 다른 세 개의 능력들, 그렇게 일등이 아닌 사람들의 무한 능력.

하느님, 제게도 분명 어떤 능력을 주셨겠죠?
남들보다 뛰어난 무언가를 저에게도 주셨을 거라 믿을게요.

그러니 하느님만 보시지 마시고 저에게도 좀 보여주세요.
제가 도대체 무엇을 잘하는 아이인지…

결국, 여행 한 달 만에 찾아온 울음.
어쩌면 계속 울고 싶었던 마음을 감추느라 애썼을 눈물들이 목에서 찰랑거려요.

오늘 처음으로 파리의 노숙자에게 돈을 주었어요. 파리에는 수많은 다양한 노숙자들이 있지만, 그중 시테 섬 주변의 노숙자들은 일요일 오전이 호황이라고 생각했는지 강아지까지 데리고 나와 있었죠.

그중 유독 아파 보이는 강아지를 데리고 온 한 남자, 그 강아지에게서 눈을 뗄 수 없어 한참을 보다 '딸그락' 빈 종이컵에 떨어져 더욱 둔탁하게 들리던 동전 소리에, 잠들려던 강아지는 무거운 눈을 떠 보였고, 그렇게 눈이 마주쳤어요.

빨갛게 충혈된 눈,
주책맞게 그 자리에 주저앉아 펑펑 울었죠.

강아지 눈에 비친 고단함이 나와 너무 닮은 듯하여,
더는 감정을 주체하지 못하고는 피하듯 자리에서 일어나
기도했어요.

'저 동전이 오늘 하루라도 강아지의 고단함을 줄여주기를.'

우연히 그리워질 모든 것

자존심의

무게

자존심의 무게는 얼마큼이기에 보고 싶다는 말도
이리 어렵게 만드는 걸까.

너에 대한 믿음 따위는 잃어버린 지 오래고
그때의 감정은 흐릿해져 기억도 잘 나지 않는데
보고 싶은 마음은 도대체 어디서 생기는 건지 모르겠다.

우연히 그리워질 모든 것

이래야

말이
되니까

처음부터 내 부탁은 딱 하나였다.
"네가 나쁜 짓을 하는 사람은 나 하나였으면 좋겠어."

하지만 나는 여전히 먹고 싶은 게 있을 때,
그와 같이 먹을 수 없었다.
내가 보고 싶은 게 있을 때, 그와 함께 볼 수 없었다.
내가 울고 싶을 때조차도 그는 옆에 있어주지 않았다.

점점 사랑이 지루해졌다.

나쁜 짓은 나한테만 해도 된다고,
너랑 같이 있을 수 있다면,
"중요한 건 모두 네 아내와 함께해도 괜찮아."라고 말한 건
분명 나의 오만이고 위선이었다.

나는 부족함을 느낄 것이고 확실시될 수 없는 그는
큰 것이라 부르는 것들을 바랄 것이다.
그럼 결국 숨겨둔 너를 가르쳐주겠지.

어쩌지 못하는 걸 어쩔 수 없다.
채근하며 그를 계속 사랑하고 싶지 않았다.

아니, 그를 계속 사랑하고 싶었는지도,
어쩌면 70살이 되어서도 너를 내 기억 속엔
좋은 사람으로 놔두고 싶었는지도 모르겠다.

그렇기에 나는 지금 그가 없는 편이 나았다.

"네가 나쁜 짓을 또 한다면, 이젠 내가 아니었으면 좋겠어."

이럴 때만

하는 기도
ver.1

누가 나보다 먼저 가더라도
누가 나보다 먼저 높아지더라도
언젠가 저도 그렇게 될 것이라는 믿음으로
그 친구를 그 사람을 그 누군가를 진심으로
축하해줄 수 있는 마음을 갖게 해주세요.

무서워요.

인간이기에 너무나 많이 가진
이기심과 질투에 나에게 실망할까 봐.

우연히 그리워질 모든 것

이럴 때만

하는 기도
ver.2

제가 자라게 해주세요.
제가 넓어지게 해주세요.

그래서 사랑도 이해도 그리움도
잘 담아둘 수 있는 그런 마음을 갖게 해주세요.

이렇게 사소한 것에도 나약해지지 않게
도와주세요.

우연히 그리워질 모든 것

4

그래도
사랑이

마음의 맨 앞자리에
앉아 있길

날씨가

달다

한 해의 마지막 12월인 초겨울의 유럽,
한국이라면 지금쯤 패딩과 목도리를 꺼내야 할 계절.

따뜻해서 의아했던 프랑스에서의 열흘을 보내고, 스위스 바
젤에 도착하니 파리에서 며칠 신세 졌던 작가님한테서 문자
가 왔어요.

_네가 가고 나니 파리에 지금 눈이 내려.

비수기에 접어든 눈 내리는 스위스. 이 계절은 사람들이 많
이 찾지 않는다 해요. 또 한 계절, 열심히 사람을 맞이한 그
곳은 매년 찾아오는 폭설을 대비해 대대적인 철도 정비가
시작됐어요.

'엄청 춥겠지?' 걱정하며 바젤 역에 내리는 순간, 놀랍도록 따뜻한 날씨에 기분이 좋아졌어요. 다음 날은 오늘보다 더 따뜻해 기차 대신 여섯 시간 하이킹을 선택했을 정도로요. 12월의 스위스 역시도 무척이나 따뜻했죠.

여행의 마지막 종착지였던 이탈리아에서도 날씨는 달았어요. 도착하자마자 입고 있던 겉옷을 다 벗어야 했어요. 어렵게 찾아와준 걸 환영하는 듯 그곳 역시 해가 쨍쨍.

다음 날 호스텔, 아침 식사 중 우연히 스위스 대사님을 뵈었어요. 스위스에 지금 막 도착한 그가 전하는 이야기.

_스위스는 어제부터 눈이 내리고 엄청 추워요.

이렇게 여행 중에 만났던 고마운 날씨들
날 주저앉지 않게 해준 햇살들
고마운 마음을 전하고 싶어, 하늘을 올려다보아요.

또 한 번 계절이 바뀌는 날들에 이르렀어요.

처음이라는 듯 내릴 새하얀 눈과 다시 맞서야 하는 매서운 바람이 벌써 두려워지지만 이 모든 것들을 또 한 번 이겨낸다면, 우리는 조금 더 어른이 되어 있지 않을까요?

저는 지금보다 한 발짝만이라도 멈추지 않고 앞으로 가 있었으면 좋겠습니다.

간절한 첫눈,

녹아버린
눈사람

"집에 바래다줄까?"
여자의 사랑은 이 한마디에서 시작되었다.

여자와 남자는 같은 학원에서 처음 만났다.
호의를 거절당한 남자는, 두 번의 아량 없이 집으로 향했다.

'데려다달라고 그럴걸…'
그렇게 그날부터 여자의 머릿속은 온통 그 남자로 가득했다.

"여기 이거 써."
남자의 사랑은 이 한마디에서 시작되었다.

늘 답답하게 생각했던 저 아이. 왜 맨날 똑같은 걸 틀려서
혼이 나는지, 하루라도 혼나지 않으면 집에 갈 수 없는지.

그래도 사랑이 마음의 맨 앞자리에 앉아 있길

그런데 그런 네가 어째서 나와 같은 반인 것인지 답답했던 마음, 아니 내가 왜 답답해하는지, 나의 마음이 수상해질 때쯤 그날이 왔다.

시험이 시작되고 필통이 없어 당황해하는 나에게, 그 아이는 아무 말 없이 웃으며 연필과 지우개 하나를 건넸다.

"저기! 오늘은… 데려다주느냐고 안 물어봐?"
"응?"
"오늘은 그러니까… 집에 가기 무서운데 데려다주면 안 될까?"

둘의 사랑은 그날부터 시작되었고, 그렇게 서로의 첫사랑이 되어주었다.

매일매일 남자는 학원이 끝나면 여자를 집까지 성실히 데려다주었다. 어떤 날은 헤어지기 싫어 남자는 한여름에도 뜨거운 커피를 마셨고, 마찬가지로 헤어지기 싫던 여자는 자주 멈춰 서서는 묻지도 않았는데, 자기가 사는 동네를 남자에게 시시콜콜 설명해주었다.

그렇게 영원할 것만 같던 첫사랑도 끝이 다가오고 있었다.

겨울이 날짜를 잘못 계산한 듯 성큼 나타나, 찬바람을 강하게 내뿜었던 11월의 어느 날 수능을 한 달 정도 앞두고, 타당한 이유를 핑계 삼아 둘은 헤어졌다.

시간이 흘러 둘만의 영역 안에 각자의 새로운 사람들이 몰려들었고, 예전의 사람들은 기억들과 함께 뒤로 밀려나게 되었다. 서로의 모습을 찾아볼 수 없을 만큼 멀어져, 찾으려 들면 한참의 시간을 공들여야 했다.

또 한 번의 시간이 흘러 여자는 이제 신분증을 보여달라는 말을 듣지 않아도 19세 영화를 볼 수 있는 어른이 되었으며, 남자는 친구와 몰려 놀던 모습이 사라지고 혼자 있는 시간을 더 평온하게 감당하는 어른이 되었다.

"엄마, 이거 좀 안 떨어지게 잡아줘."
"넌 서른이 다 되어가는구먼, 애같이 무슨 봉숭아물이야."
"재밌잖아. 매니큐어보다 색깔도 예쁘고."
"그럼 여름에 많을 때 하지 왜 가을 다 돼서 한대. 화장실 갔다 와서 해줄게."
"…첫눈 올 때까지 있어야 하니까…"

여자는 매년 여름이 오면, 아니 여름에 따놓은 꽃잎을 보관해두고는 가을이 올 때쯤 봉숭아물을 들인다.

그래도 사랑이 마음의 맨 앞자리에 앉아 있길

"차가운 거 하나랑 따뜻한 아메리카노 한잔 주세요."

"팀장님, 한여름에도 뜨거운 거 드세요?"

"아… 습관이 되어서요."

남자는 아직도 한여름에 뜨거운 커피를 마신다.

추억에 의해 물들어버린 것,

첫사랑은 지우지 못할 습관을 만든다.

아픔이

이사하다

너는 말한다.
이 이야기를 해버리니 마음이 편해졌다고,
늘 가슴속에 얹혀 있던 짐이었는데 그 짐을 내려놓아
이제 마음이 가벼워졌다고.

그 이야기를 듣자 그의 짐이 나에게로 왔다.
그가 내려놓은 무게, 딱 그만큼 마음이 무거워진다.
그의 아픔을 대신 들고 있기라도 하듯
마음 어딘가가 어긋거리게 불편해졌다.

"평생 사랑하자."
약속할 땐, 아픔까지 사랑하겠다 다짐해놓고.
"어떤 일이 있어도 네 옆에 있을게."
그를 부추겨 털어놓게 해놓고.

그래도 사랑이 마음의 맨 앞자리에 앉아 있길

그의 솔직한 이야기에 나의 마음 어딘가가 불편해졌다는 건
이 사랑이 불완전해서일까?

지금 이 마음은 온전한 사랑의 100%가 아닌 것일까?
그렇다면, 어떤 불순물이 포함된 것일까?

그의 아픔이 나에게로 이사했다.
공간을 내주어야 하는데, 선뜻 뒤로 발이 떨어지지 않는다.

그땐

잘
몰랐어

왜 어째서 슬픔이라는 감정은
기쁨과는 다르게 이렇듯 튼튼한 걸까?

그래도 사랑이 마음의 맨 앞자리에 앉아 있길

Everything

is

good?

인생의 구간마다 쉼표를 찍어줄 때가 있어요.
물론 쉼표는 사람의 성격에 따라 양이 달라지긴 하지만.

_자주 외로워.

늘 온기가 필요한 사람이라면 더욱이 많이 필요하지요. 저
역시 성격이 문제라 탓하며 오늘도 여행이란 쉼표를 찍습
니다.

스위스의 바젤을 거쳐 인터라켄에 도착했어요. 기차에서 내
려 캐리어에 손을 얹고 잠시 숨을 골라요. 무거워진 캐리어
와 캐리어만큼 무거워진 내 몸은 이미 지쳤다는 걸 말해주
고 있었죠.

목적지인 그란 델 발트까지는 기차를 한 번 더 갈아타야 하는데 인터라켄 역시도 비수기에 맞춰 철도 공사로 분주했어요. 공사로 인해 그란 델 발트까지 예약한 기차는 없어졌고, 그 근처까지 가는 버스를 태워줄 테니 거기서부터 예약한 숙소까지는 걸어가면 된다고, 버스 앞까지 데려다주며 역무원은 말해요.

시계를 보니 여섯 시. 나도 모르게 한숨이 나왔고, 기분 탓인지 하늘도 무척이나 깜깜해 새벽 같았죠. 한창때는 관광객을 맞이하느라 늘 불이 환하게 켜 있을 것 같던 식당들도 이젠 내 일 아니라는 듯 불을 꺼버렸고, 마을엔 온통 어둠이 가득.

다행히 버스 타는 곳은 가까웠고, 먼저 버스에 올라탔죠. 이제 마지막 관문인 저 무거운 캐리어만 나와 떨어지지 않게 태우면 되는데, 막막해지려는 마음을 심호흡으로 감추고는 눈을 질끈 감고 캐리어 손잡이를 움켜쥐는데…

_어? 뭐지? 너무 가벼운데?
눈 깜짝하는 순간 캐리어가 버스에 탑승했어요.

_Everything is good?
당황해 앞을 보니, 체격 좋고 듬직해 보이는 남자의 친절한

그래도 사랑이 마음의 맨 앞자리에 앉아 있길

손 하나가 내 캐리어에 얹혀 있었고, 남자는 캐리어를 아무렇지 않게 올려주고는 사람 좋게 웃고 있었어요.

_Are you ok? Everything is good?
순간, 눈물이 핑.

과하게 고개를 끄덕이며 감사인사를 하고는 자리에 앉았어요. 그러자 그도 앞자리에 털썩 앉았고 그렇게 우린 대화를 이어갔죠.

그는, 아내와 자주 여행을 다닌다고, 아무래도 여자들은 캐리어가 엄청 무겁다면서… 나는 무안했지만 부정할 수 없어 더 크게 웃었죠.

그 뒤로도 스위스에선 이 말을 몇 번 더 들을 수 있었어요. 융프라우에서 맛있는 맥주를 주셨던 풍채 좋은 아주머니, 가는 날 버스 타는 곳까지 바래다주신 친절한 호스텔 아저씨, 그리고 교통비를 아끼겠다며 여섯 시간 융프라우를 하이킹하다 마주친 여러 스위스 사람들에게서도. 덕분에 더욱 단단히 나를 채찍질할 수 있었던 그 말.

_Everything is good?

저는 주로 책과 영화에 잘 동요되는데요 『청춘은 지금뿐이다』, 『떠나보면 알게 된다』 같은 책 제목에 동요되어 잘 다니던 회사를 때려치우고 지금까지도 못 찾던, 하지만 앞으로도 찾을 생각은 없어 보이는 나를 찾겠다며 쉼표를 찍고 남자친구와도 헤어져 과하게 괜찮은 척 궁상맞게 살고 있죠.

가끔 봐야 사이좋은 엄마의 잔소리를 들을 때라든가, 억지로 나간 친구 모임에서 한 친구가 내민 청첩장으로 알게 모르게 진 것 같은 기분이 들 때 쉼표를 찍고, 그 밖에 여러 가지 이유로 인생의 쉼표를 찍어요.

물론 쉼표 후에 숨통이 좀 트일 수 있겠지만, 그리 오래가진 못하죠. 가끔은 더 큰 그리움을 동반해올 때도 있고요. 이쯤 되면 또 나의 지랄 맞은 성격 때문이리라, 인정해야겠네요.

여러분은 어떨 때 쉼표를 찍어주시나요?

그래도 사랑이 마음의 맨 앞자리에 앉아 있길

놓아주자

"2초 만에 후회했어. 헤어지자고 말하고 2초 있으니까 후회가 됐어. 한 달이면 1분, 일 년이면 12일, 10년이면 120일, 너랑 10년을 만난다 해도 3개월이면 네가 내 옆에 없다는 걸 후회할 거야. 그거 알아서 못 헤어져."

헤어지기 전에는 이토록 인정하지 못해 매달리고 화도 낸다.

"그래. 우린 처음부터 안 맞았어. 지금이라도 헤어지는 게 맞아. 처음부터 너는 나 좋아하지 않았어. 나 혼자만 좋아한 거야."

그러다 어느덧 인정한 듯 혼자 한 사랑이라며 억울해한다. 그렇게 이 모든 걸 몇 차례 더 반복하다 보면 가출한 정신이 제정신이 되어 돌아오고, 올라간 혈압이 정상 혈압을 되찾을 때쯤 깨닫게 된다.

그래도 사랑이 마음의 맨 앞자리에 앉아 있길

헤어짐을 피하려 애쓸 때는 몰랐다,
헤어짐이 내 마음을 이렇게 평온하게 해줄 줄.
가버리려는 마음을 붙잡고 있을 때는 몰랐다,
그 마음이란 게 생각보다는 가벼웠다는 것을.

마음은 붙잡고 있다고 해결되는 것이 아니다.
마음을 놓아준다면 진짜 마음을 볼 수 있을 것이다.

계속해서 마음이 슬프다면… 놓아주자.

녹신녹신

바람을 이해했다.

한 사람에게만 녹신녹신해진 채 살아갈 수는 없다고.
깊게 사랑하는 사람이라면 더욱이.

그러니 상처받지 말자.
당최 사람이 사랑을 이해한다는 것 자체가 말이 안 된다.

그래도 사랑이 마음의 맨 앞자리에 앉아 있길

효과

좋은
약

나의 고집스러운 편견 중 하나는,
사람은 '약'이라고 생각한다.

누군가가 나와 이야기가 된다면, 그 사람에게는 나의 행복
을 나눠주어도 괜찮다. 나도 이해되지 않는 나와 대화할 수
있는 사람이란 것만으로도 분명히 그 사람은 대단히 효과
좋은 약일 테니까.

그래서 나의 행복과 함께 아끼는 걸 나누어주어도
괜찮다고 생각해.

나의 무모한 편견 중 하나는,
친구에게는 '이기적'이어도 된다고 생각한다.

그래도 사랑이 마음의 맨 앞자리에 앉아 있길

이기적이게 나 혼자만 기대더라도 괜찮다.
그러려고 우린 어린 시절 놀이터에서 소꿉놀이했으니까.
이러려고 우린 학창 시절 밤늦게까지 서로의 옆에 앉아
야자를 한 거니까.
우리에겐 함께 해온 세월이 있으니까.
나의 순수했던 시절을 가까이서 지켜봐준 건 오로지
친구밖에 없으니까.

그래서 나의 외로움과 함께 울음을 나누어주어도
괜찮다고 생각해.

오글거림

주의

원래도 어이없을 정도로 버리는 걸 잘 못 한다. 다 녹아버린 생일 케이크 초까지 버리지 못하고 갖고 온 적도 있다. 그렇게 이것저것 버리지 못하는 건 가진 것들 버리기 아까워서가 아니다. 아마도 잊어버릴까 봐.

나에게 왔었다는 것을 내가 기억해주지 못할까 봐.

오글거린다.
불필요한 것들은 버려야겠다.

정리하기 위한 첫 번째 단계는 전부 쏟기. 그다음에 버려야 것들을 손에 쥐고, 챙겨두어야 할 것들을 원래 자리에 차곡차곡 넣는다. 비록 이 차곡함은 얼마 못 가겠지만 그 얼마간을 위하여 깔끔하게 줄을 맞춰준다.

그래도 사랑이 마음의 맨 앞자리에 앉아 있길

이제 손에 쥐고 있던 것들을 버리려 휴지통을 찾는다.

그럼 버리려고 쥐고 있던 것들이 말을 건다.

물건이 말을 걸 때면 정신분열증인가 의심해본 적이 있다.

_너, 나랑 이런 추억이 있잖아.

 나는 조금 더 쓸 수 있지 않을까?

이런 젠장, 결국 의도대로 되지 않는다.

버리지 못하고 다시 책상 위에 늘어놓거나

서랍 속에 넣어두거나 한쪽에 구겨놓거나.

그렇게 버리지 못한 물건들은 또 어딘가에 쌓이게 된다.

어릴 적부터 버리는 게 어려웠던 나는 버리지 못한 것들을
손에 계속 쥐고 다녀 손이며 옷이며 늘 지저분해지기 일쑤
였다.

안 좋은 것들은 유독 금방 배운다.

사랑도 단점을 닮아 아무것도 버리지 못하고
늘 마음을 지저분하게 한다.

유난히,

유달리

여러분은 어떨 때 왈칵하시나요?

햇살조차 차갑게 느껴지는 날이 있어요.
분명 따뜻할 것 같이 위장하고는.

따뜻할 것 같던 햇살이 차갑게 와 닿으니 걸을 수 없어
몇 번을 걷다가 멈추었고, 몇 번을 울었다가 그쳤어요.

도착해야 할 곳은 아직 까마득하게 먼데 따뜻할 것처럼,
예쁠 것처럼, 편할 것처럼 위장해놓은 것들에 속아
자꾸만 제 발목을 멈추게 해요.

그렇게 이번 여행의 마지막 종착지 이탈리아에 도착했어요.

그래도 사랑이 마음의 맨 앞자리에 앉아 있길

기차를 두 번이나 갈아타고, 소매치기를 한 번 당해야
만날 수 있는 이탈리아의 항구 도시.

_산타마리아 리구레.

이미 한 계절을 바쁘게 보낸 산타마리아의 해변,
그 위로 이제는 '쉼' 상태에 들어간 배들이 수다를 떨며
앉아 있어요.

하늘과 해, 배들과 모래가 차례대로 연주하듯 반짝.

평화로워요, 이곳은.
아쉽고요, 혼자 보는 모든 것들이.
여지없이 사랑하는 사람들이 물밀듯 떠올라요.

여행 막바지 모든 것이 아쉽고 슬프고 애틋해지네요.

구글맵에서 한국을 찾아보니 8,991km 떨어져 있어요.
그리워요, 벌써부터.
나와 8,991km 떨어질 이 바다가.

그래도 사랑이 마음의 맨 앞자리에 앉아 있길

고작
하루

(man ver.)

_내가 사랑했던 그는

아침에 일어나면 담배 한 개비를 피우고 고양이 세수를 하고는 8시쯤 집을 나와 그의 자가용을 이용해 출근하고 1시쯤 사람들과 함께 점심 식사를 하며, 밥을 먹은 후 나에게 하루의 중간을 보고해주고, 일주일 중 세 번 정도는 야근하며, 일주일의 마지막 아침은 늘 늦잠을 잔다.

그가 나에게서 아무리 멀리 떨어져 있다 해도, 늘 같은 시간에 방송하는 텔레비전의 채널들처럼 기억하지 않아도 줄줄 외울 수 있었고, 그 채널 안에서 그의 말투, 눈빛들이 모두 선명했는데 우리가 헤어진 다음 날부터는 모든 채널이 지지 직거렸다.

그래도 사랑이 마음의 맨 앞자리에 앉아 있길

어떻게 하루 만에 그가 이토록 나에게서 멀리 느껴질 수 있는지 확인할 수 없다는 건, 나를 그의 우주 밖으로 쫓아낸 기분이다.

_그녀와 헤어진 나는

매일 밤 어지러운 꿈속에서 헤맸고, 자주 멈칫거리는 행동 때문인지 준비 시간이 길어졌으며 운전에 집중할 수 없어 대중교통을 이용해 출근하고는 길 위의 모두가 그녀와 닮은 것 같아 자주 뒤를 돌아보는 일이 많아졌으며, 술의 힘으로 수화기를 들 것 같아 친구들의 연락부터 피하게 되었고 집으로 돌아갈 때쯤 편의점에 들러 어제와 같은 양의 담배 한 갑을 산다.

너와 헤어진 지 하루밖에 지나지 않았는데 시계에 추를 매단 듯 시간은 느리고 무겁게 흐르며, 이런 먹먹함을 고작 하루 버텨냈다.

고작
하루

(Woman ver.)

_내가 사랑했던 그녀는

아침마다 늦잠을 자 매일 허둥댔고, 화장대로 주로 지하철 문을 이용했으며, 아침 겸 점심일 메뉴를 밀가루로 때워 자주 잔소리하게 했으며 퇴근길에는 늘 신나는 음악을 들었고, 자기 전에는 그녀 특유의 따뜻한 목소리로 하루의 마지막을 보고해주었으며 주말에는 유독 잠이 없어, 못하는 요리를 해 보이겠다는 바람에 주말에도 문 연 약국을 찾게 했다.

그녀가 나에게서 아무리 멀리 떨어져 있다 해도, 제목만 들어도 선명하게 떠오르는 명화처럼 외우지 않아도 설명할 수 있을 만큼 그 그림 안에서 그녀의 행동, 웃음, 목소리까지도 선명했는데 우리가 헤어진 다음 날부터는 머릿속 모든 그녀의 그림이 회색이 되었다.

그래도 사랑이 마음의 맨 앞자리에 앉아 있길

어떻게 하루 만에 그녀가 이토록 나에게서 멀리 느껴질 수 있는지, 들을 수 없다는 건, 나를 그녀의 우주 밖으로 쫓아낸 기분이다.

_그와 헤어진 나는

잠이 오지 않아 핸드폰 알람이 울리기도 전에 눈을 뜨며, 멀리 떨어진 곳에 사는데도 어디서든 그를 만날 것 같아 그가 예쁘다 해주던 옷을 꺼내 입고 그가 좋아했던 향수를 뿌리고는 집을 나선다. 슬픈 생각들을 몰아내려 자주 친구에게 전화를 걸어 위로받고, 잠깐의 위로에 돌아오는 길이 공허해지고, 공허한 마음을 어쩌지 못해 결국 지하철에서 울어버린다.

너와 헤어진 지 하루밖에 지나지 않았는데 마음속 모든 방의 불이 꺼져버렸고, 네가 없음을 알게 된 방들이 수런거리며 소란스러워졌다.

이런 공허함을 고작 하루 버텨냈다.

진짜 이별은,

너를 꿈에서도
찾지 않을 때까지

저는 오래전부터 유독 낡고, 아날로그적인 것에 관심을 더 기울였어요. 그런 이유에서인지, 이탈리아 제노바는 여행 중 이상형을 만난 듯 마음 설레게 하는 도시였죠.

묘사가 적절할지 모르겠지만, 제노바는 옛날 부유했던 한 왕국이 차츰, 서서히 몰락한 것 같은 그런 이미지예요.

낡고 고풍스럽지만 왠지 비싸 보일 것 같은 가구 편집 숍, 화려한 색을 자랑하지만 군데군데 색이 바래고 벗겨진 건물들, 관광객이 유난히 적었던 해변, 나이 많은 강아지와 뒷모습이 유독 쓸쓸해 보였던 할아버지, 하늘은 분명히 맑은데 어두운 느낌의 거리와 가게들, 이 모든 것들이 아우러져 만든 도시.

그래도 사랑이 마음의 맨 앞자리에 앉아 있길

_적절하게 오묘하다.

혹시, 컴퓨터보다는 책이 편하고 차보다는 걷는 것을 좋아
하고 활기찬 것보다는 고요한 것을 좋아하며, 편지는 손맛
이라고 생각하는 저처럼 아날로그 감성이시라면, 제노바를
여러분의 여행지로 추천합니다. 이탈리아의 유명 도시만큼
제노바에서도 시간을 쏟아보시기를.

오늘은 가슴속에 있던 모든 아픈 것들이 쏟아져 나오는 날
이었습니다. 기억들이 단합이나 한 듯 똘똘 뭉쳐 그로 나타
납니다. 눈을 감으니 환청같이 번뜩이며 그가 자꾸 나타나,
눈을 감을 수 없어 밤을 지새웁니다.

표현이 공포영화 같았는데요.
사실 예를 들면 이런 것들이에요.

그가 웃으며 내밀던 손
그가 흥얼거리던 노래
그가 집중할 때 나오던 표정
그리고 그가 잠 못 자게 했던 코 고는 소리까지.

눈을 감으면 이런 기억들이 몰려와 오늘 밤도 잠을 자긴 틀
렸습니다.

'정말 왜 이래?'
새벽이 되니 더욱 나약해진 기억들이 화로 바뀝니다.

저도 묻고 싶네요.

너희들은 언제쯤 집에 갈 거니?
나는 너희한테 더는 쌓아줄 기억들이 없단 말이야.

기억들에 난 어떤 것도 해줄 수 없습니다.

기억들이 내 곁을 맴돌지 않기를
내 옆이 아닌 그의 옆에도 있어주기를
그에게도 한 번쯤 머뭇거려주기를
그도 나처럼 잠 못 자는 날들이 있기를
그렇게 나와의 기억들을 꺼내 보는 날이 있기를.

그래도 사랑이 마음의 맨 앞자리에 앉아 있길

두려움과

사랑은
비례한다

_이 품속이 아니더라도 나는 괜찮을 수 있을까?

그에게 기대어 안기는 순간 여자는 이런 생각이 들었다.

이 사람에게 안겨 있지 않아도 뒤엉켜 있지 않아도 나는 살아갈 수 있을까, 내가 살아갈 수 있을까? 불안과 가까운 소망.

사랑은 순간순간 두려움을 동반한다.
두려움은 지키고 싶은 게 있을 때 조금 더 자라난다.
행복할 때 지키고 싶은 마음은 더 커지니까.

그와 마주 앉아 먹고 있는 달콤한 케이크 안에도, 행복했던 잠자리 속에서도, 그가 날 보며 웃고 있는 지금 이 순간에도, 문득문득 찾아와 날 두렵게 만든다.

그래도 사랑이 마음의 맨 앞자리에 앉아 있길

그래도 사랑이

마음의 맨 앞자리에
앉아 있길

과거로 여행을 다녀온 듯 웅장한 로마에서 하룻밤을 보내고, 이탈리아에서의 마지막 날이 왔어요. 아침 일찍 일어나 산책하러 나갔죠. 유달리 화려했던 이탈리아가 왠지 어색하고 낯설어 다른 나라에 비해 많이 걷지 못한 것이 마지막 날이 되니 아쉬워지더라고요.

발길이 닿는 대로 걷다 보니, 한적한 공원을 발견했어요.
그곳에 혼자 앉아 생각해요.

_오늘은 조금 더 오래 거기에 있어주세요.

그러고는 잠시 의심하죠.
시간은 진짜 매일 똑같이 24시간일까?

이곳에서 우연히 찾은 모든 것들이 좋았습니다.
또 우연히 이곳에 있는 모든 것들이 그립고 그리워지겠죠?
다시 또 올 수 있었으면 좋겠습니다.

저는 사실, 행복해질까 무서웠습니다.
행복하면 글을 쓰지 못할까 봐.

우울한 이야기를 쓰려던 건 아니었는데, 세상에 불행한 사람보다는 행복한 사람이 훨씬 많을 텐데 내가 아파서인지, 아픈 사람들이 먼저 보였습니다. 내가 불안해서인지, 불안한 사람들의 마음이 더 이해되었습니다.

그냥 그들을 먼저 위로하고, 나라도 그들의 마음을 공감하고 그렇게 내 마음도 다독이자고,

물론 저는 여전히 달라진 게 없습니다. 여전히 마음 한쪽엔 '사랑하면 어쩌지?', '사랑하게 되어버리면 어쩌지?' 불안한 마음을 감추며, 또 어지르듯 사랑하고, 사랑을 건네받기도 전에 더 크게 '사랑한다' 외치며 부주의하게 그를 이해하고, 아마 섣부르게 그의 마음을 판단할 겁니다.

분명 지난 사랑에서 본 문제점들인데, 고치고 싶다며 반성한 점들인데, 이쯤 되면 이것들, 습관이고 본성일까요?

그래도 저는 혼자인 밥보다는 둘이 먹는 밥이 더 맛있습니다. 집에서 혼자 보는 멜로영화보단 둘이 영화관에서 손 꼭 잡고 보는 공포영화가 더 재밌습니다. 그리고 혼자 보내는 밤보다 그의 품속에 들어가 잠을 청하는 것이 좋습니다. 이젠 그의 코골이 소리에도 뒤척임 없이 잘 잘 수 있는 내가 왜 그런지 뿌듯합니다.

인생은 혼자보다는 둘이 나아요.
우리 모두 사랑하며 살아요.

달리는 기차 안, 써내려가고 싶은 말은 많았는데 눈앞의 풍경과 머릿속 단어들이 엉켜 한 줄도 쓰지 못했어요.

놓치기엔 너무 아까운 풍경들,
그게 바로 이 풍경이에요.

애당초

나의 불안함이 짠했다.
괜찮은 척하는 것쯤은 어른의 본분이라고 생각했다.
난 다 컸으니까 어른스런 연애가 중요하다고,
무섭다고 응석 부리는 여자만큼은 되고 싶지 않다고.

이런 식으로 나의 불안함을 모른 척하는 건 괴로운 일이었다.

연애는 애당초 어른이 하는 것인데,
이 이상 어른스러운 척해서 무엇을 어쩌자는 것인지,
어리석었다.

무섭고 불안하고 아프다. 놓아줘야겠다.

그가 원하는, 아니 내가 원하는 거니까.

CHOUAGE
DE BATEAUX

éloignez-vous du câble qui
remonte le bateau

DANGER

5

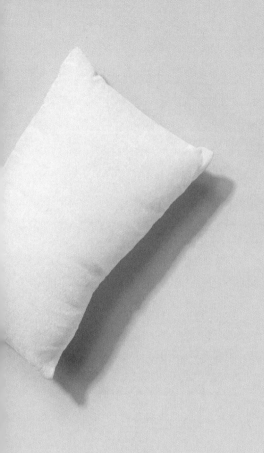

졸린데

자긴
싫고

꿈

치어리더

(You ver.)

_인생은 한 번뿐인데, 이마저도 현실에 따르겠다니.

맞아요. 더 나은 미래를 제공해줄지도 몰라요. 어쩌면 가장 늦지 않게 선택할 수 있는 최선의 행운일 수도 있겠죠. 물론, 아무것도 없는 지금 나에게 그나마 이건 좋은 타이틀이라 말할 수도 있을 거예요.

그런데 '~수도 있다.'지 않은가요?
'있다'도 아닌 '있을 수도 있다.' 가정문이에요.

어차피 저것도 모르는 일인데
한 번 더 꿈을 좇아도 되지 않겠어요?

다음 생이 있을 것 같죠? 없어요.

있다 해도 이번 생에 잘 살고 거절합시다.

인생은 한 번뿐인데, 하고 싶은 일을 할 시간도 부족해요. 후회하게 된다면, 그것조차도 분명 나에게 유용한 치트키가 되어줄 거예요.

기대할 만하지 않으세요? 인생이 한 번뿐이라고 믿는다면, 그 한 번뿐인 인생에 할머니가 되어서도 오래오래 하고 싶은 일을 찾았다면, 그것만으로도 당신은 응원받을 이유가 충분해요.

일단 저부터 당신의 꿈을 격렬히 응원합니다.

꿈

치어리더

(Me ver.)

구름이 빠르다. 구름은 느리기만 한 줄 알았는데.
내 속력을 줄이니, 하늘 위의 구름이 보였다.

처음에는 나를 위한 시작이었다.
남들처럼 평범하게 살기 싫었고,
보통만큼은 성에 차지 못하였다.

하지만 비웃어도 될 만큼 나는 그 남들만큼도 잘하는 게 없
었고 특별하게 눈에 띄지도 않았다. 나의 부족함을 가리려
남들의 평계를 욕심처럼 붙였다. 이렇게 자신은 돌아보지
않고, 더 높이 올라가고 싶은 치기 어린 마음, 나의 어린 날
의 마음들은 전부 그랬다. 그런데, 아침이 아닌 새벽이라는
시간을 쓰고, 뛰려고만 하지 않고 걷다 보니 많은 것들이 보
였다.

졸린데 자긴 싫고

_잘할 수 있다. 잘하고 싶다.

나를 위해 시작한 일, 항상 나 자신이 우선이었던 내가
이제는 나보다 누군가의 기쁨을 챙기게 되었다.

나로 인해 누군가가 행복해졌으면 좋겠다고,
나 때문이라도 누군가가 조금은 위로받았으면 좋겠다고.

아무래도 나 이번엔 잘할 건가 보다.

졸린데 자긴 싫고

위로에

　　　　　온기를
　　　　　느껴

그 아이의 위로에 참 마음이 따뜻해졌습니다.
그래서 나도 모르게 조금 솔직해졌습니다.
내 약점을 보인 거지만,
누군가에게 약점을 보일 수 있다는 건
어쩌면 조금 고마운 일인지도 모르겠습니다.

이제

 ## 안전하다

길을 걷다가도, 밥을 먹다가도, 노래를 듣다가도
여전히 너는 수시로 나타나지만
이제는 너를 유연하게 대처할 수 있게 되었다.

보고 싶다는 마음은 안전기에 접어들었고
궁금해 훔쳐보는 일 역시도 현저하게 줄어들었으며
덕분에 날 한심하게 쳐다보던 눈들도 사라졌다.

그렇게 물러가지 않을 것 같던 폭풍이 지나가고,
어느덧 마음엔 작은 평화가 찾아왔다.

폭풍이 지나간 자리엔, 평화로운 그리움이 새겨졌고
그 그리움은 또 하나의 경험치로 나에게 충전되었다.

졸린데 자긴 싫고

이제 안전하다.

마음의 안전함이란 좋은 것이다.

감화되다

그는 재촉하지 않는다.
인정하지 않을 수 없는 그의 매력이다.

한여름 밤 두 시간 가까이 날 기다리느라 다리에 모기를 잔
뜩 물리고서도 신호등 앞으로 뛰어오는 날 보니 심장이 뛰
었다고, 감춰도 될 속마음을 군더더기 없이 표현하는 그의
아이스러움이 좋다.

그는 아는 척하지 않는다.
가히 칭찬해주고 싶은 그의 매력이다.

처음이란 어색함에 무의식적으로 중얼거리던 모든 말에 그
는 귀 기울여주었다. 내 이야기를 담담히 들어주며 내 말을
끊지도, 자기의 생각을 보태지도, 다 안다는 듯 이해하는 척

졸린데 자긴 싫고

하지도 않는 그의 오빠다움이 좋다.

이런 사람이 내 옆에 있다니 마음이 놓였다.
어린애같이 그의 팔에 매달려 얼굴을 묻는다.

'그렇다면 나는, 이번 연애엔 이 사람에게 얼마나 솔직해질
수 있을까?'

용기는

오 분이면
됩니다

"용기는 무서운 걸 이겨내는 것이 아니라 그 무서움을 남들 보다 5분 더 참아내는 것이다."

저는 용기가 아주 많은 여자였으면 좋겠어요.
그리고, 무척 용감한 사람이었으면 좋겠고요.

그 용기, 좋아하는 사람에게 쓸 수 있었으면 해요.
좋아하는 사람을 놓치지 않기 위해 그때 쓸 거예요.

굳이 노력하지 않아도 혼자인 세상이에요.
이 이상 혼자가 되어서 뭐해요?

여러분도 무척 용기 있고, 용감한 사람이기를 바라요.
눈앞에 좋아하는 사람을 놓치지 않는 용기.

졸린데 자긴 싫고

어디에 붙어 있는지도 모를 자존심이 다칠까 무서워,

거절당할까 봐 두려워,

좋아하는 사람을 놓쳐버리는 그 마음을

자존심이라고 우기지 않을 사람이기 바라요.

5분만 용기를 내면,

당신은 평생의 인연을 놓치지 않을 수 있어요.

어떤 거창한 말도 필요 없어요.

'좋아해.' 이 한마디면 그 사람은 내 거예요.

'보고 싶다.' 이 한마디면 그 사람은 내 옆에 있을 거예요.

우리 평생 사랑하며 살아요.

졸린데 자긴 싫고

애정이란

애정은 오롯이 느끼게 해주는 거로 생각해.

날 쳐다보는 너의 눈빛으로,

네가 불러주는 이름에서,

수줍게 안아주는 너의 팔로 그렇게 말이지.

졸린데 자긴 싫고

진짜 좋아한다는 건

 ## 이런 게 아닐까?
ver.1

"자기야 내일 비 많이 온대."

"오지 말라고 해도 갈 거야."

"조금이 아니라 엄청 많이 온대."

"그럼 수영해서 갈 거야."

"괜찮겠어?"

"응 튜브 끼고 갈게."

"아니, 버스가 미끄러지지나 않을까 차가 위험해서 그렇지!"

"아 그럼, 지금부터 걸어가면 돼. 약속시간 안에 도착할 거야."

_여자는 웃음이 나왔다.

폭우가 쏟아져, 한 치 앞이 안 보이는데도 남자는 여자를 볼 기쁨에 가득 차, 비와 바람이 보이지 않는다. 누군가를 좋아함이란 이런 것이다.

"그 다리를 하고 어떻게 가려고."

"그래도 너 첫 경기잖아."

"잊어버린 거 같은데 자기 다리 부러졌어."

"알아."

"며칠은 의사 선생님이 걷지 말랬어."

"알아."

"괜찮겠어?"

"응. 네가 처음 뛰는 첫 시합에 나도 응원가고 싶어."

"아니, 다리 아플까 봐 그렇지… 누워 있으랬는데."

"아 그럼, 누워서 볼게. 그럼 되지? 옆으로 누워 봐야겠다."

_남자는 웃음이 나왔다.

다리가 부러져 발목이 퉁퉁 부어 있으면서도 여자는 남자에게 힘이 될 생각에 퉁퉁 부은 다리며 저릿하게 아파 오는 통증도 보이지 않는다. 누군가를 좋아함이란 이런 것이다.

진짜 좋아한다는 건 이런 게 아닐까? 폭우가 쏟아지는 여름에도, 폭설로 한 발짝 내딛기조차 힘든 겨울에도, 우릴 만나지 못하게 하는 수많은 환경 속에서도, 잠시라도 널 보기 위해 노력하는 것.

널 만나고 생길 기쁨의 감정을 우선시하는 것.

졸린데 자긴 싫고

진짜 좋아한다는 건

 이런 게 아닐까?
ver.2

네가 노란색을 좋아한다고 하는 순간
나는 유치하다며 싫어했던 노란색이 좋아졌다.
발톱에 노란색 매니큐어를 칠하며
안 입던 노란 원피스를 꺼내 입기 시작한다.

누군가를 좋아함이란 이런 것이다.
너는 기억도 못 하겠지만.

네가 하이힐 신은 여자를 좋아한다고 하는 순간
나는 키 큰 것이 콤플렉스라 싫어했던 하이힐이 좋아졌다.
신발장에 운동화보다 하이힐이 많아지며
안 신던 하이힐에 혹여나 뒤뚱거릴까
하루에 한 시간씩 연습하기 시작한다.

졸린데 자긴 싫고

누군가를 좋아함이란 이런 것이다.
너는 기억도 못 하겠지만.

오늘의 일기,
사랑은 무진장 유치한 거네요.

졸린데

자긴
싫고

여자는 행복해지고 싶은 마음에서인지
몇 번 만나보지도 않은 남자에게 급하듯 말한다.

나는 태어나서 지금까지 행복하다 말할 수 있는 기억이
몇 개 없어요.

분명, 그 역시도 그 여자의 삶을 이해할 수는 없었겠지만,
그래도 말한다.

여태껏 행복하지 못했던 것까지 내가 채워주면 안 될까요?

늘 오답만 써내려가던 나의 연애 문제집에
너는 내가 유일하게 쓴 정답이길 바란다.

그리움은

              늘
              적의적이다

마음이 수런거릴 때, 제가 자주 쓰는 방법인데요.

잊고 싶은 일들은 억지로 잊으려고 애쓰지 않아요.
오히려 최대한 잊고 싶은 일들을 처음부터 끝까지,
큰 것부터 세세한 것까지 최대한 끌어올려 생각해요.
그러고는 흩어지길 기다리죠.

의아하게 생각할지도 모를 방법이긴 하지만,
생각보다 효과가 좋아요.
계속 잊으려고 노력하면 노력할수록
기억은 오히려 제 바짓가랑이를 잡고 놔주지 않아요.
잊고 싶은 기억일수록 최대한 끌어올려 생각해보세요.
그럼 더 빠르게 공기중으로 흩어질 거예요.

제가 가르치는 또 다른 아이가 있어요. 여덟 살 아이인데도, 어떤 어른 남자보다도 신사적이죠. 지우개를 양보한다거나, 다른 친구의 그림을 진심으로 감탄한다거나, 그런 모습에 반 아이들에게도 인기가 많아요. 특히 여자아이들에게.

늘 사랑스러운 말만 가득 하는 아이인데, 어느 날은 시무룩하게 와서는 고민 상담을 하더라고요. 열두 살 차이가 나는 큰형과, 열 살 차이가 나는 둘째 형이 밖에 나갈 때 게임기를 갖고 나가지 않는대요. 그게 어째서 고민이냐고 물었더니 아이는 속상한 듯이 말해요.

"형들이 게임기를 가지고 나가지 않으면, 내가 형들 장난감이 된단 말이에요." 무슨 말인지 몰라 재차 물으니, 아이는 작은 한숨과 함께 이어서 말해요.

"형들이 절 높이 든 다음 던져요. 죽이려는 것 같아요."
"어디에 던지는데?"
"침대랑 소파요."
"형들이 진짜 너를 죽이려 했으면 소파가 아니라 바닥이지 않을까?"

아이는 마치 저를 의심하는 듯 고개를 갸우뚱하더니 말해요.

졸린데 자긴 싫고

"던진 다음에 막 누르려는 건요? 숨 막히는걸요?"

"진짜 숨 못 쉬게 하고 싶었으면 형이 안아서 누르는 게 아니라, 더 위험한 걸로 눌렀을걸? 돌이나 그런 거."

"그럴까요?"

"선생님이 보기엔 형들이 너와 더 친해지고 싶어서 그런 거 같은데? 저번에는 형들이 게임만 하니까 싫다면서?"

"맞아요. 아이디어 고마워요."

아이디어라니, 저는 어떤 아이디어를 준 걸까요? 아이들은 어른들에게서 많은 단어와 문장들을 습득하는데, 아이들이 오물오물하며 말하는 그 '어른들의 말'은 가히 치명적이에요. 그래서인지, 수업시간은 늘 어벤저스를 상대하는 악당이 되지만, 미워할 수가 없답니다.

저는 어렸을 적부터 불안한 것들에게선 늘 도피해왔어요. 이기려 하지도 않았고, 넘어가려 하지도 않았고, 마주하려 하지도 않았어요. 그렇기에 불안한 그림자가 드리우면 자주 비행기에 몸을 실었던 것 같아요.

떠나오면, 그 따라오던 그림자가 어디로 사라지긴 하더라고요. 마음속 어딘가에 차분히 가라앉아 있는 것도 같고, 물론 잠깐뿐이지만. 그런데 계속해서 도피하다 보니, 늘 떠돌더라고요. 사회생활에서도, 연애에서도, 심지어 가족들에게서도.

이제는, 저를 조금 직면해보려고 해요.
사실 가장 피하고 싶었던 건 제 진짜 모습이었는지도 몰라요.

불안함에 도피하려고 떠나는 것이 아닌,
저를 찾을 수 있는 여행이 되었을 때 또
여행 이야기를 들려드리겠습니다.

그럼 따뜻한 새벽 보내세요.

졸린데 자긴 싫고

여행이

준

1cm

떠나오기 전 핸드폰을 정지시켰다. 뭔지 모를 원인들로 묘하게 긴장도 되었지만 연락을 할 수 없다는 것과 동시에 연락을 받을 수 없다는 것 또한 묘하게 마음 편해지는 일이었다.

물론 불편한 건 감수해야 했다. 첫 사흘 동안은 낯선 언어들, 낯선 풍경들 사이에 혼자 있으려니 더욱 피어오르는 몽글거리는 감정들을 말할 수 없어 답답했다.

전화요금 따위 걱정하지 말고, 그냥 그에게 전화할까?
그 사람에게 전화를 걸어 시시콜콜 이야기하고 싶어졌다.

방금 내가 시킨 이 피자가 얼마나 맛이 없는지, 지금 내가 사려는 이 물건이 꼭 필요한 것인지에 대한 그의 의견이 듣고 싶었고 내가 고른 이 속옷의 색깔을 그도 좋아할지 궁금했다.

졸린데 자긴 싫고

그런데 시간이 지나니 이 모든 환경에 차츰 익숙해졌고 순간의 감정들에서 벗어나 깨끗해졌으며 계속해 손에 쥐고 있지 않아도 되니 편안해졌다.

늘 순간의 감정에 치우쳐 놓쳐버린 진짜 나의 마음.
한 템포 쉬고 나니, 진짜 알 수 있었던 이야기들.

그에게 징징거리지 않아도 된다.
그에게 칭얼거리지 않아도 된다.

징징거려놓고, 칭얼거려놓고,
나약한 내 탓을 하며 순간을 후회하지 않아도 된다.
웃고 싶을 때 혼자 웃어도 된다.
눈치 보지 않고 혼자 울어도 된다.
이 감정들이 지나가길 혼자 기다리면 된다.

그리고, 이것들을 담아가 같이 이야기하면 된다.

이 보고 싶은 그리움을, 사랑한다는 단어를 챙겨가야겠다.
그리고 가서 말해줘야지, 진짜 나의 마음을.

아, 이제 1㎝자란 것 같은 기분이 든다.

설렌다

"좋은 사람을 만난 것 같아요."

여자는 그렇게 확신하듯 그 사람을 사랑하기 시작했다.

의지하는 것이 힘들다.
칭얼거리는 것이 이젠 부끄러운 나이가 되었는데도
그 남자를 만나 나의 부끄러운 것들까지도
보여주고 싶어졌다.

"좋은 사람을 만난 것 같아요."

남자는 그렇게 확신하듯 그 여자를 사랑하기 시작했다.

졸린데 자긴 싫고

사랑한다는 것이, '사랑해.'라는 것이, 그런 순수하고 솔직한 말들이 이젠 불편한 나이가 되었음에도 상대방이 순수하면 순수할수록 그녀의 마음과 나의 마음의 거리를 재며 순수하지 못한 나의 본모습을 행여나 들킬까 조마조마했었는데 그 여자를 만나 나의 순수하지 못한 모습들까지도 사랑받고 싶어졌다.

늘 지금처럼이면 좋겠지만,
물론 한결같기를 원하지만, 꼭 그렇지 않더라도
당신이 마지막까지 나의 손을 놓지 않을 거라는 건 믿어요.

그런 확신이라면 우린 분명 서로에게 좋은 사람일 거예요.

이토록

서울에서는 '창'과 같았던 모든 일이
이곳에 오니 급격히 괜찮아지고 있었다.

힘들다고 아프다고 칭얼거리기 바빴던 하루가
이곳에 오니 나 혼자 앓고 있기엔 아까운 하루였다.

뭘 그리 못 잊어서 애썼을까?
'너무 좋다'라는 감정은 이토록 쉽게 느낄 수 있으며
세상에 좋은 사람 또한 이토록 많은데.

이렇게 쉬워진 내가 우습다.
두 시간의 비행이 뭐라고, 이곳의 공기가 뭐가 다르다고
나는 슬픔에 이토록 의연해진 것일까?

졸린데 자긴 싫고

애쓰던 것들에서 멀어지니 마치 방패가 생긴 듯
단단해지고 있었다.

그렇게 단단한 방패 하나를 만들고, 돌아왔습니다.

흩어지는 기억

그것에 대한
아쉬움

원래 내 인생은 솜털처럼 가볍고 위태로웠다.
이리 '휙-' 저리 '휙-'
이곳저곳을 옮기되 눈에 띄지는 않도록 그렇게
늘 숨어 있었다.

물론 인생이 솜털처럼 가벼울 수는 없다.
그 정도는 나도 안다.

인생이 그렇게 가볍다면,
나의 무게는 그보다 더 가벼워야 하니까
그렇게 가벼운 무게로는 너를 담아둘 수 없다.

너를 담아 보관한 순간부터
내 인생은 물에 젖은 솜털처럼 무거웠다.

졸린데 자긴 싫고

엄청난 무게로 온몸을 지그시 누르는 너 때문에
나는 모든 행동 하나하나에 숨이 찼다.

물은 마른다.
엎지른 물을 주워 담을 수는 없어도
그 자리에서 스스로 마른다.

바람이 불고, 시간이 흐르면,
공기중으로 여러 기억이 흩어진다.
멀리 더 멀리, 저 멀리 잡을 수 없을 때까지.

헛헛하다.
어쩌면 마르지 않기를 바랐는지도 모른다.
하나쯤은 그냥 젖은 솜털이 있기를 기대했는지도 모른다.

저 멀리 공기중으로 사라지는 기억을 겨우 붙잡으며 말한다.
사랑했던 너, 그리고 너에 대한 기억 모두 고마워.

젖어 있는 솜털이 없었다면, 무겁게 날 누르지 않았다면,
나는 이리저리 굴러다니다가 날아가버리는 쪽을 택했을 거야.

고마워. 내 인생의 무게를 유지해줘서.
덕분에 이 동그라미 안에서 날아가지 않고 살아갈 수 있었어.

졸린데 자긴 싫고

Good Night,

Friends

_그 사람이 헤어지재.

아무 말도 할 수 없는 순간이 있다.
어떤 말도 단어를 만들지 못한 채 머리를 막아버리는 순간.

친하다는 수식어까지 붙여 친구라는 이름으로
들러붙어 있는데도
그 단어가 무거워질 만큼 힘이 되지 않는 순간.

위로라는 말은 누가 만들어낸 걸까? 무책임하게.
어쩌면 인간이 인간을 위로할 방법은 살아가기에
충분하지 않을 수 있다.

주책없게 눈물이 났다. 내가 얼마큼 이해한다고.

그 순간 남자들이 메스꺼워서인 이유는 고작 몇 프로였고, 내가 겪었던 기억들이 생각났다는 이유도 얼마 되지 않았다. 그냥, 앞으로 이 친구가 겪을 지겹게 반복되어 나타날 먹먹한 상황을 알면서도 어떤 말로도 위로해줄 수 없다는 것이 눈물 날 정도로 슬펐다.

'시간이 약이다'라는 말?
시간이 어떻게 약이겠는가,
상황에 따라 느껴지는 시간은 비례하지 않는데.

'힘들면 잡아'라는 솔깃한 말?
미련을 버리기 위해 어쩌면 더 큰 상처를 받아야 하는데,
그렇다고 내가 그 상처를 나눠 가질 수 있는 것도 아닌데.

참, 모든 것이 서툴다. 누군가를 위로하는 것도,
헤어짐을 이겨내는 것도, 시간을 빨리 보내버리는 것도.

그래도 오늘은 나의 아픈 친구들이 나와의 전화 한 통에
조금 푹 잤으면 좋겠다.